Bibliografische Informationen der Deutschen Bibliothek: Die Deutsche Bibliothek verzeichnet diese Publikation in der deutschen Nationalbibliografie; detaillierte bibliografische Daten sind im Internet über http://dnb.ddb.de abrufbar.

Impressum:
1. Auflage 2009
Copyright: Gaby Bessen
Coverbild: Jürgen Dietrich
Covergestaltung: Satzstudio Roth, Emden
Verlag: Books on Demand GmbH, Norderstedt
ISBN-13: 978-3-8370-9040-6

Gaby Bessen

Schillernd wie Seifenblasen zeigt sich das Leben.

Geschichten ganz nah am Leben ...

Inhalt

Der Rosenstrauß

Ihr neues Buch nahm sie so gefangen, dass sie das Öffnen der Haustür überhörte. Erst als sich ein großer Strauß lachsfarbener Rosen in der Wohnzimmertür zeigte und im Hintergrund Norberts graue Schläfen sichtbar wurden, blickte sie erschrocken auf. „Tut mir Leid, Schatz, dass es wieder später geworden ist." Der duftende Rosenstrauß näherte sich dem Sofa. Norbert gab ihr einen innigen Begrüßungskuss, so dass ihr Ärger über das verkochte Essen für einen kurzen Moment dahinflatterte wie ein Schmetterling.

Sie ließ sich ihre Unruhe nicht anmerken, als sie die Blumen anschnitt und in eine schlanke Kristallvase stellte. Fieberhaft überlegte sie, wann er ihr das letzte Mal Blumen geschenkt hatte. Sie konnte sich nicht daran erinnern, es musste eine Ewigkeit her sein. Hatte er ein schlechtes Gewissen? Ihre Ängste nahmen wieder erbarmungslos Besitz von ihr.

Während Norbert duschte, wärmte sie die Lasagne auf, schmeckte den Salat erneut ab, dessen einst knackige grüne Blätter ein wenig blass dahingewelkt waren. Sie hatte sich mit dem Essen solche Mühe gegeben und nun das! Sie wischte sich über die tränennassen Augen und starrte immer wieder auf den Rosenstrauß, der den Esstisch schmückte. Er musste ein Vermögen gekostet haben!

Es passierte so häufig in den letzten Wochen, dass er spät nach Hause kam. Und irgendwann hatten sich Zweifel eingeschlichen, ob er tatsächlich so viele Überstunden machen musste, wie er vorgab. Selbst am Samstag und am Sonntag fuhr er für mehrere Stunden ins Büro. Sie begann, nach Zeichen seiner Untreue zu suchen. Nicht, dass sie ihm hinterher spionierte, nein, sie war aufmerksam. Sie fand keinen Lippenstift an seinem Hemdkragen, keine verfängliche Hotelrechnung in seiner Jackentasche, es kamen auch keine Anrufe, bei denen sich jemand verwählt hatte. Keine Indizien, nichts, nur das flaue Gefühl in der Magengegend, dass es möglicherweise eine andere gab, mit der er hin und wieder ein Schäferstündchen verbrachte.

Während sie auf ihn wartete, blickte sie an sich hinunter. Mit ihrem dicken Bauch wirkte sie sicher alles andere als erotisch auf ihn. In vier Wochen erwarteten sie ihr erstes Kind und sie freuten sich darauf. Sie hatten die Hoffnung auf ein eigenes Kind fast schon aufgegeben und sich um eine Adoption bemüht. Als der Druck nachgelassen hatte, war Sabine doch noch schwanger geworden und ihrem Glück schien nichts mehr im Wege zu stehen. Bisher war die Schwangerschaft unproblematisch verlaufen und das Baby entwickelte sich prächtig.

Norbert kam in seinem blauen Bademantel aus dem Bad und setzte sich an den Tisch.

„Na, wie war dein Tag?" Das war die Frage, die er ihr jeden Abend stellte, seitdem sie im Mutterschutz und den ganzen Tag daheim war. Vielleicht war das die Crux. Sie hatte plötzlich unendlich viel Zeit, sich auf ihr Kind vorzubereiten, aber auch Zeit, um nachzudenken. Vorher hatte sie nie an seiner Treue gezweifelt, aber nun stellte sie alles in Frage, was ihre bisherige Beziehung ausmachte.

Nach dem Essen legte sie sich gemütlich auf die Couch, um ihren schmerzenden Rücken zu entlasten. Norbert verschwand in seinem Arbeitszimmer und kehrte kurz darauf zurück, eine Hand hinter dem Rücken versteckt. Er setzte sich zu ihr auf die Couch und sah sie liebevoll an.

„Wir haben was zu feiern", setzte er feierlich an, „und das habe ich in erster Linie deiner Geduld zu verdanken." Sie schaute ihn aus großen Augen an. „Du weißt, ich habe immer davon geträumt, mich selbstständig zu machen. In letzter Zeit habe ich gearbeitet wie ein Verrückter, Überstunden ohne Ende gemacht und du hast das alles mitgetragen ohne einen Vorwurf. Dafür liebe ich dich noch mehr und bin dir unendlich dankbar. Bei all dem hatte ich ein Ziel, nämlich einen großartigen Auftrag an Land zu ziehen und mich endlich selbstständig machen zu können. Und heute ist mein Traum wahr geworden. Es ist alles unter Dach und Fach."

Sie schluckte und eine Welle der Erleichterung durchströmte sie. Alle Ängste lösten sich wie Nebelschwaden auf. Und bevor sie etwas sagen und ihm gratulieren konnte, zog er einen Prospekt hinter dem Rücken hervor.

„Bevor unser Kind auf die Welt kommt, gönnen wir zwei uns noch einmal zwei Wochen Urlaub in einem Luxushotel in Dänemark, nur wir zwei. Was sagst du nun?"

Sie konnte gar nichts sagen, sie schaute von ihm zu den duftenden Rosen auf den Tisch, dann auf den Hotelprospekt, schlang die Arme um seinen Hals und ließ ihren Freudentränen freien Lauf.

Klassentreffen

Unentschlossen blickte sie auf die Einladungskarte. Noch hatte sie genug Zeit, sich fertig zu machen und hinzufahren. Wollte sie das? Hin- und hergerissen zwischen Neugier und Lustlosigkeit ging sie in Gedanken durch, was und wen sie dort erwartete.

Selten hatte sie sich die Frage gestellt, was aus all denen geworden war, mit denen sie heute vor zwanzig Jahren das Abitur gemacht hatte. Dieser Abschnitt ihres Lebens gehörte zu einem Teil ihrer Vergangenheit, über den sie nie wirklich nachgedacht hatte.

Als sie zu Beginn der elften Klasse an diese Schule kam, war es nicht einfach, Fuß zu fassen. Ihre Herkunft war, wie auch später immer wieder, ein Stolperstein. Ihre Eltern waren berühmte Schauspieler gewesen, erfolgreich, aber auch immer wieder ein gefundenes Fressen für die Regenbogenpresse. Jeder Alkoholabsturz ihres Vaters wurde zu einem Riesenskandal aufgebauscht und noch Jahre nach seinem Tod fand er keine Ruhe. Irgendein Schmierfink fand immer wieder eine Leiche im Keller, die dann schwarz auf weiß in sämtlichen Zeitschriften zum Leben erweckt wurde.

Nachdem ihre Mutter nach der Scheidung nach Australien ausgewandert war, wurde es ruhiger. Sie nahm keine Rollen mehr an, lebte zurückgezogen auf einer Schaffarm und hatte endlich das gefunden, wonach sie sich immer gesehnt hatte, Ruhe und Frieden.

Rike hatte sich nur schwer in ihre Klasse eingelebt. Im Gegensatz zu ihr kamen alle anderen aus bescheidenen Verhältnissen und wurden nicht mit einer Limousine zur Schule chauffiert.

Niemand außer ihr verbrachte die Nachmittage auf dem Reiterhof, in der Musikschule oder beim Tennis. Sie war nicht unbeliebt, aber da sie ihren Mitschülerinnen und Mitschülern sehr distanziert gegenübertrat, suchte niemand näheren Kontakt zu ihr. Nur Anita, Anja und Susanne waren so etwas wie Freundinnen für sie, zumindest bis zum Abitur.

Nach einem beeindruckenden Abitur zog sie nach Frankfurt, absolvierte ihr Studium als Juristin und war heute eine berühmte Familienrichterin. Ihre Disziplin und ihr Ehrgeiz hatten sie zu einer unabhängigen Frau gemacht. Sie hatte alles erreicht, was sie sich vorgenommen hatte. Ihre wenige Freizeit, die ihr neben ihrem beruflichen Engagement blieb, verbrachte sie gerne in Fitness-Studios, in der Sauna, beim Friseur und bei der Kosmetik.

Die Neugier hatte gesiegt. Das erste Treffen vor zehn Jahren hatte sie nicht besucht, scheinbar hatte sie auch niemand vermisst. Jetzt, nach weiteren zehn Jahren, kam die erneute Einladung und die wollte sie nicht wieder ignorieren. Vielleicht wurde es ein netter Abend. Ein letzter prüfender Blick in den Spiegel. In ihrem schwarzen, mit rot abgesetzten Kostüm, den schwarzen hochgesteckten langen Haaren, dezent geschminkt mit einem verführerischen Kussmund, blickte sie ein letztes Mal zufrieden in den Spiegel, nahm ihre kleine Handtasche, ihren Autoschlüssel und fuhr los.

Als sie den Vorraum des Restaurants betrat, erblickte sie mehrere kleinere Grüppchen von Menschen, die fröhlich miteinander plauderten und lachten. Auf Anhieb schienen ihr alle fremd zu sein. Sie suchte in den Gesichtern nach Spuren der Vergangenheit, nach Vertrautem, nach Namen.

„Das glaube ich nicht! Rike, bist du das wirklich?" Ein untersetzter Mann mit Glatze und deutlichem Bierbauch löste sich aus einer Gruppe, kam mit einem Sektglas in der linken Hand auf sie zu und reichte ihr seine Rechte zur Begrüßung. „Ja, ich bin es. Hallo", antwortete Rike. ‚Wer ist das denn?', schoss es ihr durch den Kopf. Sie hatte keinen blassen Schimmer, wer sie da so überschwänglich begrüßte.

Alle anderen Gruppen hörten schlagartig auf zu reden, jeder blickte sie an, als sei sie gerade vom Himmel gefallen. Obwohl Rike es gewohnt war, vor größeren Menschengruppen zu reden und eine brillante Rhetorikerin war, empfand sie diese plötzliche Stille als sehr unangenehm. Sie erinnerte sie daran, als sie neu in die Klasse kam, vom Klassenlehrer den anderen vorgestellt wurde und sie jeder schweigend und abschätzend von oben bis unten anstarrte. Jeder wusste, wer sie war.

Nach ihr kamen zwei weitere Ehemalige und das Hauptaugenmerk richtete sich auf die Neuankömmlinge. Rike nutzte die Gelegenheit, von Gruppe zu Gruppe zu gehen und jeden Einzelnen zu begrüßen. Der eine oder andere hatte sich, bis auf die Jahre, die an keinem spurlos vorüber gegangen waren, kaum verändert, bei anderen hatte sie das Gefühl, vollkommen Fremden gegenüber zu stehen. Anita, Anja und Susanne begrüßten sie stürmisch und freuten sich wirklich, sie wiederzusehen.

Als alle versammelt waren, hielt Alex, der ehemalige Klassensprecher, eine Rede über die ach so herrliche Schulzeit. Er musste monatelang an dieser Rede geschrieben haben, denn er presste minutiös drei Jahre Sekundarstufe Zwei in exakt zwanzig Minuten Redezeit. Nach seiner Rede erntete er tosenden Beifall und das kalte Buffet wurde eröffnet.

Anita, Anja und Susanne umringten Rike sogleich am Buffet und ließen nicht locker, bis sich Rike zu ihnen an den Tisch gesetzt hatte. Es gab nach all den Jahren so viel zu erzählen. Bereits nach kurzer Zeit stellte Rike fest, wie eng die freundschaftlichen Beziehungen der drei anderen auch nach dem Abitur gewesen waren. Sie besuchten sich regelmäßig gegenseitig und pflegten ihre Freundschaften intensiv. So etwas hatte Rike nie kennengelernt. Sie wurde seit Beginn ihrer Schulzeit von einem Internat ins nächste gesteckt und nach ihrem Abitur hatte sie alle Brücken in der Kleinstadt, in der sie damals lebte, hinter sich abgebrochen.

Bisher hatte sie immer gedacht, mit ihrem jetzigen Leben zufrieden zu sein. Sie sah blendend aus, hatte einen Beruf, der sie ausfüllte und ihr einen gehobenen Lebensstandard ermöglichte, eine komfortable Eigentumswohnung und ein paar Bekannte. Nur eines hatte sie nicht, eine Familie, die ihr Wärme und Geborgenheit schenkte, Kinder, deren helles Lachen das Haus erhellten. Sie besaß nicht einmal eine Katze oder einen Vogel.

In Rike erwachten widerstreitende Gefühle. Anja – sie hatte immer noch ihre kurzen blonden Locken und einen unschuldigen Augenaufschlag - war sehr in die Breite gegangen und hatte vier Kinder bekommen. Stolz zeigte sie Rike ein kleines Familienalbum und redete ununterbrochen über ihre täglichen Aufgaben als Mutter, Ehefrau und Hausfrau, in denen sie offenbar ihre Erfüllung fand. Als die Lust auf ein Stück Kuchen Anja erneut zum Buffet trieb, schaute

Rike ihr hinterher. Anjas ohnehin ausladendes Hinterteil war noch ausladender geworden, was bei ihrer Körpergröße von eins sechzig nicht sehr vorteilhaft wirkte. Anjas Hintern wackelte beim Laufen wie Gelatine und würde man ihn anstoßen, wackelte er sicher am nächsten Morgen immer noch.

Susanne wirkte sehr verhärmt. Ihr Gesicht war blass und faltig, die halblangen, stark angegrauten Haare hingen spröde und glanzlos herab. Um ihre dunkelbraunen Augen hatten sich unzählige Fältchen und Tränensäcke gebildet. Sie war verheiratet und hatte einen Sohn, der ihr mehr Kummer als Freude bereitete, die Schule jetzt vor dem Abitur häufig schwänzte, bereits mehrfach mit dem Gesetz in Konflikt gekommen und mal wieder seit zwei Tagen spurlos verschwunden war. Susanne hatte keine Kraft mehr, und da er volljährig war, auch keinen großen Einfluss mehr auf ihn. Ihre Ehe hing am seidenen Faden und sie hatte sich resigniert in ihr Schicksal ergeben, so kam es Rike vor.

Anita hingegen hatte sich von einem schüchternen Mauerblümchen zu einer ausgesprochenen Schönheit entwickelt. Ihre kurzen blonden Haare, die fein geschwungenen Augenbrauen über den strahlend blauen Augen und der volle Mund harmonisierten perfekt mit dem Rest ihrer femininen Rundungen. Nach ihrem Literaturstudium hatte sie sich einen Namen als Autorin von Kriminalromanen gemacht, tingelte von Lesung zu Lesung durch die Lande und genoss das Leben mit häufig wechselnden Lebensabschnittspartnern.

So unterschiedlich die drei waren, so sehr ergänzten sie sich auch und standen jederzeit füreinander ein.

Auch Rike wurde von den anderen nach ihrem Leben in den letzten zwanzig Jahren ausgequetscht. Aber was hatte sie schon groß zu erzählen? Kein Mann, keine Kinder, keine Freunde und viel Arbeit. Hin und wieder ein Essen außerhalb, ein Theater- oder Kinobesuch mit Bekannten, ein Jahresurlaub in ihrem Ferienhaus auf Lanzarote, das war es. Die sorgenvollen Gesichter ihrer Schulfreundinnen machten ihr zum ersten Mal schmerzhaft bewusst, wie armselig ihr Leben war, trotz des beruflichen Erfolges und ihrer finanziellen Unabhängigkeit.

Nach dem Essen spielte eine Band und die Tanzfläche füllte sich. Rike war froh darüber, denn Anjas Begeisterung über die neuesten Plätzchenrezepte in der BRIGITTE konnte sie nicht teilen, Anitas bequemen Lebensgefährten mit dem Waschzwang, der heute morgen seine Koffer gepackt hatte, kannte sie nicht und die Schulverweise von Susannes Sohn waren auch kein Thema, an dem sie länger festhalten wollte.

„Darf ich bitten?", ertönte unerwartet eine sonore männliche Stimme neben Rike. Erstaunt blickte sie in ein freundliches Gesicht mit intensiven grüngrauen Augen, dessen Name ihr natürlich nicht auf Anhieb einfiel. „Gerne", antwortete sie und während sie aufstand, warf sie Anita einen verzweifelten Blick zu, in der Hoffnung, sie würde ihr einen Tipp geben, wer der Unbekannte war. „Stefan, aber nicht zu lange, wir haben uns noch so viel zu erzählen", ermahnte Anita ihn mit gespielter Entrüstung. Rike lächelte ihr dankbar zu und verschwand mit Stefan auf der Tanzfläche.

Wieso war ihr der gutaussehende Stefan nicht in Erinnerung geblieben, fragte Rike sich. Schnell verwickelte er sie in ein Gespräch und eröffnete ihr, dass er als Journalist ihre berufliche Karriere eifrig verfolgt hatte und über sie bestens im Bilde sei. Als er sie direkt fragte „Rike, warum hast du nie geheiratet?", blieb Rike voller Verwunderung mitten auf der Tanzfläche stehen. „Das hat sich bisher nicht ergeben." Stefan nahm sie erneut in den Arm und führte sie sicher wieder in die Musik ein. Sie schmiegte sich noch enger an ihn, genoss den verhaltenen Duft seines Aftershave und spürte seinen warmen Körper eng an ihrem. „Und du – bist du verheiratet?", flüsterte sie zaghaft. Im gleichen Moment ärgerte sie sich, dass sie ihm solch eine direkte Frage stellte. „Meine Frau ist vor zwei Jahren gestorben". Stefan hatte sie bei diesen Worten ein wenig auf Abstand geschoben und sah sie mit traurigen Augen direkt an. „Seitdem arbeite ich fast nur noch", murmelte Stefan, seinen Mund wieder dicht an ihrem Ohr. „Das tut mir Leid", flüsterte Rike zurück.

Rike wusste nicht, wie lange sie getanzt hatten, es kam ihr vor wie eine Ewigkeit und sie spürte ein heftiges Kribbeln in ihrem Körper. Als die Band eine Pause einlegte, war sie sogar ein wenig enttäuscht, als Stefan sie zum Tisch zurückgeleitete. „Danke", flüsterte er ihr ins Ohr, „und – darf ich dich anrufen? Ich möchte dich gerne wiedersehen." Rikes Herz machte einen Satz und sie nickte ihm lächelnd zu. Sie war immer noch wie elektrisiert von seiner Umarmung beim Tanzen und ihre Sinne waren wie betäubt. Sie konnte sich nicht erinnern, wann sie sich zuletzt so wohl gefühlt hatte.

Anja, Anita und Susanne verwickelten Rike sofort wieder in ein Gespräch, aber Rike hatte nur noch einen Gedanken - Stefan. Aus den Augenwinkeln beobachtete sie ihn. Er tanzte mit keiner anderen Frau, sondern unterhielt sich intensiv mit einigen männlichen Klassenkameraden.

Weit nach Mitternacht brachen auch die letzten auf. Rike und Stefan standen sich vor dem Restaurant gegenüber. Rike überreichte ihm wortlos ihre Visitenkarte und hauchte: „Ich freue mich auf deinen Anruf." Bevor sie sich umdrehen und gehen konnte, nahm Stefan sie in die Arme, zog sie an sich und drückte ihre einen warmen Kuss auf die Lippen. „Der wird schneller kommen, als du denkst. Fahr vorsichtig und komm gut heim."

Überholspur

Du warst immer der Erste. Dein Studium hast du erfolgreich vor uns beendet, du hattest bereits deinen gutbezahlten Traumjob, als wir noch endlose Bewerbungen schrieben. Du hast Geld nie leiden können, deshalb warst du der Erste, der ein eigenes Haus mit einem ansehnlichen Grundstück vorweisen konnte.

Wir haben bereits geheiratet, als die anderen von uns noch ihre Sturm- und Drang Phase auslebten. Du warst rastlos, seitdem ich dich kenne.

Obwohl ich mich bemüht habe, mit dir Schritt zu halten, ging mir die Puste aus. Immer öfter musste ich anhalten, um durchzuatmen.

Dein Leben verlief immer auf der Überholspur, risikofreudig, aber genau kalkuliert, bis du den entscheidenden Fehler begangen hast. Frontal hat es dich erwischt, du konntest nicht mehr ausweichen. Du hast dein Leben auf der Überholspur beendet.

Mich hast du auf der Standspur zurückgelassen - alleine. Wie lange werde ich hier verweilen, bis ich mich wieder in den normalen Verkehr einfädeln kann?

Chiffre

„Lieber lustig mit fuffzig, als ranzig mit zwanzig! Lebenslustige Witwe, Anfang fünfzig, schlank, durchaus noch vorzeigbar, sucht gleichgesinnten Herrn für gemeinsame Unternehmungen ..."

Sie zögerte, bevor sie den Brief in den Postkasten steckte. Entschlossen straffte sie jedoch die Schultern und steckte den Brief ein. Es hatte sie eine enorme Überwindung gekostet, diese Anzeige aufzugeben. Aber was hatte sie zu verlieren? Eigentlich konnte sie nur gewinnen, wenn sie auf diesem Weg jemanden finden würde, mit dem sie ins Kino, ins Theater oder einfach nur spazieren oder mal zu einem Essen gehen könnte.

Nachdem Klaus vor zwei Jahren plötzlich gestorben war, fiel sie in ein tiefes Loch, aus dem sie nur sehr schwer wieder herauskrabbelte. Sie hatte Freunde, die ihr zur Seite standen und sich sehr um sie kümmerten. Aber wer wollte schon auf Dauer das dritte Rad am Wagen sein?

Ein glückliches Familienleben konnte sie lange Zeit nicht um sich herum ertragen.

Es ging ihr auch gar nicht um eine neue Beziehung. Sie hatte wieder Lust, etwas zu unternehmen, wie sie es mit Klaus in all den Jahren ihrer Ehe gewöhnt war. Er hatte gut für sie gesorgt. Sie konnte das Haus weiterhin behalten, kümmerte sich liebevoll um ihren prächtigen Garten und stundenweise war sie in ihrem gemeinsamen Buchladen. Sie konnte sich durchaus als unabhängig und wohlhabend bezeichnen.

Nach Klaus' Tod wollte sie alles aufgeben und in eine andere Stadt ziehen, denn alles erinnerte sie schmerzlich an den großen Verlust, den sie erlitten hatte. Aber sie hatten sich alles zusammen aufgebaut und sie hätte es als Verrat Klaus gegenüber empfunden, sein Lebenswerk in andere Hände zu geben. Deshalb war sie geblieben.

Vierzehn Tage nachdem sie die erste Kontaktanzeige ihres Lebens aufgegeben hatte, erhielt sie einen großen braunen Umschlag mit siebenundzwanzig Zuschriften. Feierlich öffnete sie eine gute Flasche Rotwein, setzte sich auf die Terrasse und widmete sich den vielen Briefen. Nach etwa drei Stunden hatte sie drei Stapel vor sich liegen, fein säuberlich sortiert in ‚ausgeschlossen', ‚na ja – den könnte ich mir ja mal ansehen' und ‚unbedingt ansehen'.

Ein Brief war übrig geblieben, der erst auf dem ersten, dann auf dem zweiten und letztendlich auf dem dritten Stapel lag. Er passte eigentlich nirgends hin, denn der Absender war fünfzehn Jahre jünger als sie. Und trotzdem las sie seinen Brief mehrmals und betrachtete das Foto, als könne sie wie in einem Spiegel alles über ihn erfahren.

Das Foto zeigte einen jungen, blonden Mann, Mitte dreißig mit strahlend blauen Augen, einigen süßen Lachfältchen in dem sonnengebräunten Gesicht und vollen sinnlichen Lippen. Neben ihm der Kopf eines etwa fünfjährigen Jungen, der dem Papi wie aus dem Gesicht geschnitten schien.

So ein Mann läuft nicht freiwillig als Single herum und wäre sie zwanzig Jahre jünger gewesen, hätte sie ihn gewiss nicht von der Bettkante geschubst. Er war Witwer. Seine Frau war an Krebs gestorben, genau wie Klaus. Und er hatte seinen Sohn Tim, der ihm über die schwere Zeit hinweg geholfen und ihm seinen Lebenswillen erhalten hatte.

‚Ausgeschlossen' – er war zu jung und hatte ein Kind, ein Geschenk, das Klaus und ihr leider versagt geblieben war.

In den nächsten Tagen beantwortete sie alle Briefe des Stapels ‚ausgeschlossen'. Der Stapel ‚na ja – den könnte ich mir ja mal ansehen' wurde auch beantwortet und sie plante Termine mit dem einen oder anderen.

Es war eine Lebenserfahrung für sie, sich über einen Zeitraum von vierzehn Tagen mit fremden Männern zu treffen und sich ihre Lebensgeschichten anzuhören. Der Stapel ‚ausgeschlossen' wuchs, denn sie wollte weder Hausfrau, Köchin, Kranken- und Pflegeschwester, Tochterersatz, Aushängeschild, noch sonst etwas spielen und die neuesten, abgefahrenen Sexspiele mit Latex und Leder, Stiefeln und Peitsche, mit regelmäßigen Besuchen des Sexmessen in ganz Europa waren auch nicht das Ziel ihrer Wünsche.

Blieb noch der Stapel ‚unbedingt ansehen' und der junge Witwer übrig.

Als ihre engsten Freundinnen zum Grillen kamen, nahm sie sich ein Herz und erzählte von ihren Erlebnissen. Kontaktanzeigen sind ein willkommenes Tratschthema in einer Frauenrunde. Alle waren sich einig, dass sie es ganz mutig fanden, auf diesem Weg einen neuen Partner zu finden.

„Ich will keinen Partner, sondern einen Begleiter", stellte sie entrüstet klar.

„Nun hab dich nicht so, du bist noch knackig und hast Gefühle, oder? Zwei gesunde Hände sind nur vorübergehend erlaubt!" scherzte Ines.

„Da sind noch drei, die du dir ‚unbedingt ansehen' wolltest", konterte Elke." Mach das, und wenn da wieder nichts für dich bei ist, gibst du eine neue Anzeige in einer anderen Zeitung auf." „Oder ich nehme dir einen ab, bei Helmut ist die Luft im Bett sowieso raus", kicherte Melanie.

Sie holte das Foto des jungen Witwers. Den Brief hatte sie in ihrem Schrank gelassen, der war zu persönlich, um von den Freundinnen zerredet zu werden. „Was haltet ihr von dem?" Sie reichte das Foto herum. „Was für ein leckeres Kerlchen", platzte Melanie heraus. „Boah, den hätte ich mir zuallererst angesehen!" war Ines' Meinung. „Entschuldige, der könnte fast dein Sohn sein", entrüstete sich Elke. „Der ist doch höchstens dreißig!!"

Sie verzog das Gesicht. Elke hatte Recht, das hatte sie ja auch von Anfang an gedacht und genau aus diesem Grund das Thema beiseite gelegt. Aber da war dieser offene und ehrliche Brief, in dem er betonte, der Altersunterschied sei kein Problem für ihn.

Und sofort entstand eine Grundsatzdiskussion über das Thema ‚junger Mann – ältere Frau'. Sie hörte sich alle Argumente dafür und dagegen an:

„Junge Männer zieht es zu reifen Frauen hin, sie sind unabhängig und lebenserfahren".

„Er sucht nur eine Ersatzmutter für sein Kind! Wenn du das Kind in den Kindergarten oder in die Schule bringst, denken die, du seiest die Oma!"

„Wenn er merkt, dass du wohlhabend bist, bleibt er bei dir, nutzt dich aus und betrügt dich mit einer Jüngeren".

„Das kann nicht gut gehen, irgendwann verlässt er dich wegen einer Jüngeren."

„Miete dir einen, mach dir mit ihm einen schönen Abend und dann geht er wieder. Du kannst dir das finanziell leisten und hast keine Verpflichtungen."

„Genieße einfach, solange es geht, ohne zuviel Gefühl zu investieren."

„Gib dir und ihm eine Chance, wenn es zwischen euch funkt."

Die Argumente dafür und dagegen nahmen kein Ende.

Die Diskussion ging aus, wie das Hornberger Schießen und sie merkte, dass sie das alleine für sich entscheiden musste. Und sie entschied, sich mit ihm zu treffen, ganz unverbindlich.

Sie trafen sich in einer kleinen gemütlichen Kneipe. Beider Nervosität verflog recht schnell und sie unterhielten sich, als würden sie sich bereits seit Jahren kennen. Es war der Funke, der sofort übersprang. Sie trafen sich immer häufiger, verbrachten die Wochenenden miteinander.

Den kleinen Tim hatte sie schnell ins Herz geschlossen und er sie.

Sie genoss und sie liebte. Ihre Freundinnen ahnten nichts, sie hatte weitere Fragen zu ihren ‚Kontaktmännern' fantasievoll und nicht immer ganz ehrlich beantwortet und erweckte den Eindruck, inzwischen mit ihrem Single-Dasein sehr zufrieden zu sein, so dass langsam Gras über die Sache wuchs. Trotzdem blieb es niemandem verborgen, dass sie wie das blühende Leben aussah und weniger Zeit als sonst hatte.

Sie heirateten heimlich in einer kleinen Dorfkirche, mit seinen Eltern, ihrer Schwester und dem kleinen Tim. Nach der Hochzeit lud sie zu einem großen Gartenfest ein und stellte ihren Mann allen Freunden und Bekannten vor.

Verblüfft bis ungläubig reagierten die Freunde bei dieser Neuigkeit. Die Gemüter erhitzten sich mächtig. Die Freundinnen, manche blass vor Neid, warfen ihren älteren, oft nicht mehr ganz frischen Ehemännern einen verstohlenen Blick zu. Den Single-Damen war sofort der Wind aus den Segeln genommen, als sie resigniert feststellten, dass schöne Augen bei diesem Prachtexemplar von Mann absolut zwecklos waren, denn er hatte nur Augen für seine Frau. Die Männer nahmen den ‚Neuen‘ unkompliziert in den Freundeskreis auf. Mancher von ihnen verglich den eigenen Bierbauch mit seinem Waschbrettbauch und seufzte den vergangenen Tagen hinterher. In einem Kreis von Männern mit beginnender bis hin zur vollen Glatze wirkte sein blonder voller Schopf wie eine Trophäe.

Heute, noch viele Jahre später, lachen sie herzhaft über die verdutzten Gesichter der Freunde auf dem Video, das an diesem Abend gedreht wurde. Und sie sind immer noch glücklich und verliebt, wie am ersten Tag.

Ein Engel auf Erden

Beinahe lautlos schloss er die Tür des Kapellenvorraumes hinter sich, tauchte die Fingerspitzen der rechten Hand in das kleine Weihwasserbecken und bekreuzigte sich.

Nachdem er in der vordersten Bank Platz genommen hatte, schaute er auf die Uhr. Gleich war es soweit, gleich würde sie kommen.

Jeden Mittag saß er hier, wartete darauf, dass die Uhr der kleinen Klosterkapelle zwei schlug und die betende Schwester vor dem Altar abgelöst wurde. Jeden Mittag starrte er auf die Seitentür, die vom Flur des Klosters in den hinteren Teil der Kapelle führte.

Da kam sie, durchschritt lautlos den stillen Raum, machte vor dem Altar zusammen mit der anderen Schwester eine Kniebeuge und kniete sich auf das kleine Bänkchen nieder, um nun für eine halbe Stunde in Meditation und Gebet zu versinken.

Genau fünf Sekunden brauchte sie, um von der Tür zum Altar zu gelangen und fünf Sekunden am Tag konnte er ihr Gesicht sehen. Ein junges, schmales Gesicht, makellos schön, schmale dunkle Augenbrauen über den auf den Boden gehefteten Augen, volle Lippen, die immer den Ansatz eines Lächelns andeuteten. Viel mehr konnte er nicht sehen.

Das weiße Stirnband, an dem der cremefarbene Schleier befestigt war, und das rosafarbene Ordenskleid, das bis zu den Knöcheln reichte, verhüllten nahezu alles andere an ihr.

Manchmal, wenn das Sonnenlicht durch das bunte Fensterglas auf ihr Haupt fiel, glaubte er, unter ihrem Schleier den Schatten eines langen dunklen Zopfes zu erkennen.

Sie war mittelgroß, schlank und schien eher zu schweben als zu gehen.

Eine halbe Stunde kniete sie nun vor dem Altar, ihm seitlich zugewandt, etwa sieben Meter von ihm durch ein goldenes Eisentor getrennt. In dieser halben Stunde betrachtete er sie von der Seite. Jede zarte Linie ihres Seitenprofils hätte er malen können, so sehr hatte sich dieses Gesicht in sein Bewusstsein geprägt.

In dieser halben Stunde vergaß er die Welt um sich herum, fühlte sich in ihre geistige Welt involviert und fand durch sie in der Stille dieses Raumes Kraft und Stärke. Er fühlte sich wie in einer Oase inmitten einer lebensfeindlichen Wüste.

Wie oft hatte er sich gefragt, was eine junge Frau veranlasste, ihr Leben völlig abgeschieden hinter Klostermauern zu verbringen und ihr Leben ausschließlich Gott zu weihen. ‚Ora et labora' – ‚Bete und arbeite', kann das die Erfüllung für einen jungen Menschen sein? Er konnte es nicht nachvollziehen, selbst nachdem er sich mit den Biografien großer Ordensleute befasst hatte. Aber es gab sie immer wieder, gerade auch in der heutigen Zeit, junge Menschen, die es vorzogen, auf Ehe und Familie, Wohlstand und Konsum zu verzichten und den Rest ihres Lebens im Kloster zu verbringen.

Obwohl er niemanden aus der kleinen Kommunität der Schwestern kannte, hatte er Einblick in ihr Leben gewonnen. Sonntags morgens in der Früh, wenn die Besucherkapelle um kurz vor sechs Uhr geöffnet wurde, nahm er an der Laudes, dem ersten Chorgebet der Schwestern teil. Er verstand kein Latein, aber die gregorianischen Gesänge der zweiundzwanzig Schwestern, die mit ihren hellen Stimmen die Stille der Kapelle durchbrachen, berührten sein Herz jedesmal von Neuem.

Zum anschließenden Gottesdienst füllte sich die Besucherkapelle mit anderen Gästen, die die Heilige Messe mitfeierten. Nach dem Gottesdienst zogen sich die Schwestern, bis auf eine, die sich auf das kleine Bänkchen vor den Altar kniete, ins Kloster zurück.

Er wohnte unweit des kleinen Klosters und hatte von seinem Balkon einen direkten Blick in den hinteren Teil des Klostergartens, in dem sich ein kleiner Kreuzweg befand, ein Weg, den die Schwestern gingen, meist dabei den Rosenkranz betend, um an den Leidensweg Christi zu denken. Im Abstand von wenigen Metern zeigte jeweils ein kleines, aus Holz geschnitztes Bild am Wegesrand die jeweilige Station an. Diesen Weg gingen die Schwestern einzeln, schweigend und betend.

Einmal am Tag, nachmittags von fünfzehn bis sechzehn Uhr, schien es eine Stunde der Freizeit zu geben. In einem kleinen Holzpavillon sah er dann mehrere Schwestern zusammen sitzen, sich unterhaltend und lachend, wie ganz normale Menschen, ein frappierender Kontrast zu der Ruhe und Stille im Gebet.

Mehr sah er nicht, denn das Kloster und der Klostergarten waren von einer hohen Mauer umgeben, inmitten der lärmenden Großstadt ein Garten Eden, der für jedermann, der ihn entdeckte, eine Anlaufstelle war.

Inzwischen fragte er sich nicht mehr nach den Motiven für ein Leben im Kloster, er war dankbar, dass es sie gab, die Engel auf Erden, die unscheinbar mitten unter uns leben und uns, mit all unseren Sorgen und Nöten, in ihr Gebet einschließen.

Als sie um halb drei von einer anderen Schwester abgelöst worden war, stand er auf, straffte die Schultern und verließ genau so leise, wie er gekommen war, die Kapelle wieder.

Er hatte innerlich aufgetankt, war mit Ruhe und innerem Frieden angefüllt. Er machte sich auf den Heimweg, um sich wieder voll und ganz seinen häuslichen Aufgaben zu widmen, der Pflege seiner dem Tod geweihten Frau.

Der verflixte freie Tag

Wie durch ein Wunder kam Kathi noch in dieser Woche zu einem freien Tag.

Ihre Arbeitsstelle lag im Sperrbezirk des Stadtteiles, in dem eine Bombe aus dem Zweiten Weltkrieg entschärft werden musste. So etwas passierte häufiger. Welch ein Wunder, dass ihr der Arbeitsplatz samt Mobiliar nicht schon längst um die Ohren geflogen war.

Viele, die dort nur arbeiten, freuten sich. Anders sah es bei denjenigen aus, die im Sperrbezirk lebten und mal wieder der Verwandtschaft auf die Bude rücken mussten. Auch die Schüler und Lehrer der Gesamtschule freuten sich. Lehrer haben immer etwas zu tun und Schüler sind für jede Minute dankbar, die sie nicht in der Schule verbringen müssen, besonders so kurz vor den Ferien. Ebenso die Kinder des benachbarten Kindergartens. Im Krankenhaus blieb alles so wie immer, denn wohin sollte ein gesamtes städtisches Krankenhaus evakuiert werden? Da in dieser Stadt häufig ,Bombenstimmung' war, hatte die Stadtverwaltung gewisse „Was-ist-wenn-Pläne" ausgearbeitet und sah der Situation gelassen entgegen. Practice makes perfect. Bisher waren alle Bombenentschärfungen und Sprengungen gut gegangen und somit blickte jeder diesem Tag optimistisch entgegen. Besonders diejenigen, die weiter weg wohnten und so kurz vor Weihnachten jede freie Minute zusätzlich gut gebrauchen konnten.

Um keine Minute dieses kostbaren Tages zu verplempern, hatte Kathi am Abend davor fein säuberlich ihre Liste geschrieben, um am freien Tag konsequent und zügig Punkt für Punkt abzuarbeiten. Eine zusätzliche Stunde Schlaf war an diesem Tag gestattet und passte perfekt. Fehlanzeige! Unerbittlich schien der Vollmond in der Nacht davor durch ihr Fenster und raubte ihr den Schlaf. Sie wälzte sich hin und her, döste immer mal wieder ein, um kurz darauf nach einem abstrusen Traum wieder aufzuwachen. Schäfchen zählen, warme Milch mit Honig und autogenes Training beeindruckten den vollen, milchigweißen Mond kaum.

Irgendwann verschwand sie im Reich der Träume und hatte die Kraft des Mondes überlistet.

Im Abstand von fünf Minuten klingelte Wecker Nummer eins pünktlich um acht Uhr in der Früh, aber die Nachrichten aus aller Welt erreichten sie noch nicht. Als Wecker Nummer zwei sein kratziges ‚Good Morning' krähte, sauste ihre Hand zum Nachttisch und schlug erbarmungslos auf die Schlummertaste. Wecker Nummer drei war ihr Handy. Schlaftrunken fingerte Kathi nach dem Handy, erfühlte die Annahmetaste und meldete sich mit einem langgezogenen ‚Haallooo'. Da niemand antwortete, schob sie das Telefon sorgfältig unter ihr Kopfkissen, drehte sich auf die andere Seite und schlief weiter.

Ein ungehaltenes Klingeln an der Wohnungstür weckte ihre Lebensgeister. Sie saß aufrecht im Bett, starrte ungläubig auf beide Wecker, deren Zeiger unerbittlich neun Uhr dreißig anzeigten und sprang aus dem Bett. Das musste der Kundendienst für ihre defekte Spülmaschine sein! Sie konnte von Glück reden, dass sie diesen Termin für heute noch bekommen hatte. Kaum vorstellbar, die fettigen Teller mit Weihnachtsgansresten, Rot- und Grünkohlrändern am ersten Weihnachtsfeiertag alle mit der Hand zu spülen.

„Ich komme", schrie Kathi aus Leibeskräften durch die Wohnung, schlüpfte in ihre Hausschuhe, riss den Morgenmantel vom Haken und stürmte in den Flur. Den Abstand zum Fressnapf der Katze falsch eingeschätzt, flog dieser durch den Flur und kippte das Schälchen mit der Milch gleich mit um. Katzenfutter und Milch ergossen sich auf der hellen Brücke mitten im Flur und verschmolzen symbiotisch zu einem undefinierbaren Brei.

Der gute Mann vom Kundendienst hatte sich schon wieder die Treppe hinunter begeben, als sie die Macht der drei Türschlösser überwältigt hatte und ihn entschuldigend bat zurückzukommen.

„Ich habe meine Zeit nicht geklaut, junge Frau, Zeit ist Geld", brubbelte er anstelle eines Guten-Morgen-Grußes, trat in die Wohnung, umging das klebrige Etwas auf dem Flurteppich und marschierte zielstrebig in die Küche.

Bei einer frischen Tasse Kaffee taute er ein wenig auf und binnen einer halben Stunde schnurrte der Geschirrspüler wieder wie neu und nicht mehr wie ein verrosteter Auspuff.

‚Ausschlafen' und ‚Geschirrspüler' konnte sie auf ihrem Zettel abhaken. Der Blick auf die Küchenuhr kündigte den nächsten Termin an. In einer Stunde musste sie beim Friseur sein. Auf dem Weg dahin wollte sie sich ein Rezept beim Arzt abholen und ein Weihnachtspäckchen bei der Post abgeben. Nun war genauestes Timing angesagt.

Entrüstet schaute die Katze in ihren leeren Freßnapf und auf den Teppich und blickte Kathi aus großen fragenden Augen an. ‚Soll ich etwa den Matsch auf dem Teppich zusammenkratzen?', schien sie zu fragen. Ihr Frauchen reagierte nicht und die Katze verschwand beleidigt in Kathis Bett.

Die Weihnachtslieder im Radio ermunterten Kathi mitzusingen und so schaffte sie es in Windeseile zu duschen, zwischen Frühstück, Anziehen und Schminken das Päckchen für ihre Schwester zu packen und den Fleck aus dem Teppich zu reiben.

Die Katze registrierte verwundert, dass Kathi einfach ging, ohne sich von ihr zu verabschieden, geschweige, ihr etwas zum Fressen hinzustellen. Woher sollte sie auch wissen, dass selbst die Mäuse im Kühlschrank nichts mehr finden würden?

Als Kathi in den Fahrradkeller kam, glaubte sie ihren Augen nicht zu trauen. Beide Reifen – platt wie eine Flunder. Sie hatte keine Zeit zu prüfen, ob ihr ein Scherzbold nur die Luft herausgelassen oder gleich die Reifen zerstochen hatte. Prima! Das Auto seit gestern Abend zur Inspektion in der Werkstatt und das Fahrrad nicht zu gebrauchen. „Wenn ich dich erwische ...", fluchte sie ins Leere, denn außer dem Rascheln einer Maus, die offenbar den Fluchtweg antrat, war nichts im Keller zu hören und zu sehen.

Kathi blieb nichts anderes übrig, als ihre Wege zu Fuß zu erledigen. Sie ging so schnell, dass sie nach kurzer Zeit mit einem heftigen Stechen in der Seite anhalten und verschnaufen musste. Atemlos erreichte sie die Praxis ihrer Gynäkologin. Das Rezept für die Pille hatte sie telefonisch vorbestellt.

„WEGEN KRANKHEIT HEUTE GESCHLOSSEN".

Sie glaubte, ihren Augen nicht zu trauen. Sie hatte nur noch

zwei Tabletten und ihr Lebensgefährte kam am Wochenende aus London zurück. Wenn gar nichts anderes ging,
mussten halt Kondome her, die konnte sie überall kaufen.

Die Post lag genau in der entgegengesetzten Richtung. Sie
hatte noch geschlagene zehn Minuten Zeit bis zu ihrem Fri-
seurtermin. Also weiter, keine Zeit verlieren.

Von weitem erblickte sie die Schlange vor dem Postamt und
hatte schon die Befürchtung, die Post habe auch wegen
Krankheit, Trauerfall oder Überfall geschlossen. Die Menschen, die sie sah, waren das Ende einer Schlange, die
genau wie sie ein Weihnachtspäckchen aufgeben wollten.
Ohne weiter darüber nachzudenken oder sich zu ärgern,
schritt sie zielstrebig dem Friseur entgegen.

Sie freute sich auf Jochen, mit dem sich immer nett beim
Haareschneiden, Wimpernfärben und Brauenzupfen klönen ließ. Er wußte immer genau, was so gerade im Kiez
passierte und gab sein Wissen gern weiter. Stockschwul wie
er war, unterstrichen seine Mimik und Gestik alle News,
die Kathi mit Interesse aufnahm. Sie betrat den Laden,
blickte sich suchend um, konnte Jochen aber nirgends ent-
decken.

„Hallo Kathi, du musst heute mit mir vorlieb nehmen, Jochen ist krank" Alex schaute sie freundlich lächelnd an und
nahm ihr die Jacke ab. ‚Auch das noch', seufzte Kathi innerlich.

Alex beherrschte sein Handwerk, aber man musste höllisch
aufpassen, dass er einen nicht nach seinen Wünschen stylte
und dabei völlig verunstaltete. Und er war ein mundfauler
Muffel. Kathi überlegte. In wenigen Tagen war Weihnachten, sie hatte keine andere Wahl, als sich in Alex' Hände zu

begeben. Dementsprechend betonte sie ihre Wünsche, Wimpern blauschwarz, Augenbrauen nicht zu schmal zupfen und die Haare durchstufen, aber in der Länge nur die Spitzen schneiden.

Sie erfuhr nichts Neues, keine Skandale, wer mit wem und warum, keinen Klatsch und Tratsch. Alex blieb stumm wie ein Fisch. Nach ein paar belanglosen Floskeln hatte sich die Konversation zwischen Kathi und ihm erledigt, und sie hatte Zeit zu überlegen, was sie noch erledigen wollte. Arzt blieb auf der Liste, mit dem Vermerk ‚wichtig, aber später‘.

Wenn sie ihr Päckchen bei der Post losgeworden war, konnte sie in Ruhe einkaufen und sich auf das Wochenende mit Thomas freuen. Wenn sie Glück hatte, konnte sie noch die Fenster putzen und heute Abend würde sie es sich mit einem guten Glas Wein und einem spannenden Buch gemütlich machen.

Dummerweise hatte sich Kathi vor dem Haareschneiden bereits die Kontaktlinsen herausgenommen, denn nach dem Schnitt erfolgte das Zupfen und dann das Wimpernfärben. Da sie ohne Sehhilfe blind wie ein Maulwurf war, konnte sie nur schemenhaft verfolgen, wieviel Alex von ihrer Haarpracht abschnitt. Gefühlt schien das mehr zu sein, als sie ihm erlaubt hatte. Das Zupfen ihrer Brauen empfand sie wie eine Körperverletzung, er hatte als Heteromann offenbar kein Gefühl dafür. Erbarmungslos rannen ihr die Tränen über die Wangen und gelegentlich entwich ihr ein verzweifeltes ‚Au‘. Nun war sie ihm hilflos ausgeliefert. Er deckte Ober- und Unterlider ab, kleisterte ihr die Wimpern mit Farbe voll, und sie musste die Augen zehn Minuten brav schließen und warten. Bevor der letzte Teil begann, erinnerte sie Alex daran, dass er die Haare nur trocken föhnen sollte, vorher ein wenig Schaumfestiger und nachher ein wenig Gel. Sie hasste es, aufgebauscht und vollkommen verfremdet vor ihrem eigenen Spiegelbild zu erschrecken. Langsam hatte sie Hummeln im Hintern, so lange still zu sitzen war nicht ihr Ding. Kaum hatte Alex den Föhn ausgeschaltet, kramte sie nach ihrer Brille und hob ihr Gesicht erwartungsvoll zum Spiegel. „Toll", entfuhr es ihr. Innerlich schimpfte sie wie ein Rohrspatz und fluchte, ob dieser Kerl nicht besser zum Ohrenarzt gehörte. Sie sah genauso aus, wie sie nicht aussehen wollte, aufgeplustert wie eine Henne. Sie zahlte, verkniff sich jegliches Trinkgeld und rauschte mit einem flüchtigen „Frohe Weihnachten" davon.

Die Schlange an der Post war geringfügig kürzer geworden. Während sie sonst nichts lieber tat, als Leute zu beobachten, fixierte sie die beiden Postangestellten und schaute sie penetrant an. Als ob die deshalb ihr Arbeitstempo erhöhen würden. „So wie die arbeiten, möchte ich Urlaub machen", ertönte eine verärgerte Stimme hinter ihr. ‚Recht hat er', dachte Kathi, drehte sich kurz um und nickte dem graumelierten Herrn hinter ihr mit einem konspirativen Lächeln zu. ‚Rentner, typisch, du kannst dich auch früh morgens hier anstellen!'

Ihr Magen knurrte. Außer einem Kaffee und einem alten Stück Zwieback hatte sie heute noch nichts zu sich genommen. Die abgestandene Luft im Postamt gab ihr den Rest.

Endlich hatte sie es geschafft, eilte nach draußen und holte tief Luft. Sie hatte das unbändige Verlangen nach einer Pizza und einem Glas Rotwein. Danach konnte sie mit dem

Taxi zur Werkstatt fahren, von der Werkstatt zum Super-markt und dann nach Hause. Voller Elan würde sie sich dann auf das Putzen ihrer Fenster stürzen.

‚Pizzeria' stand zwar nicht auf ihrer Liste, wurde aber zwi-schen Friseur und Werkstatt eingeschoben. Diese kurzfri-stige Idee war genial, denn ohne die beruhigende Wirkung des Weines und des Amaretto auf Kosten des Hauses hätte sie sich in der Werkstatt sicher aufgeregt und sich maßlos abgezockt gefühlt, als sie mit der Rechnung bedrückt zur Kasse schlich.

Sie hasste es, einkaufen zu gehen. Das war eigentlich Tho-mas' Aufgabe. Aus sämtlichen Lautsprechern dudelte Weih-nachtsmusik. Hatte sie am Morgen noch freudig mitgesun-gen, ging ihr das jetzt mächtig auf die Nerven. Zwischendrin erklangen die Ansagen über dieses und jenes, was zum Fest besonders günstig war und den Kunden ans Herz gelegt wurde. Kathi arbeitete einen weiteren Zettel ab, auf dem oben deutlich UNBEDINGT EINKAUFEN stand. Unfassbar, was hier los war. Die Leute kauften ein, als würde in den nächsten Tagen eine Hungersnot über sie hereinbrechen.

Die Wirkung des Weines ließ nach, Kathis Verstand wurde wieder klarer und ihre Wahrnehmung deutlich und prä-zise. Prüfend verglich sie noch einmal Einkaufszettel mit Einkaufswageninhalt, stellte sich in eine der vielen Schlan-gen, die an allen zehn Kassen gleich lang waren, und starrte voller Sehnsucht zum Ausgang. Sie griff sich ans Ohr. Hatte der Tinnitus sie wieder eingeholt? Sie konzentrierte sich auf die verschienen Plings und Plongs um sich herum. Es waren die Geräusche der eingescannten Waren, nicht ihr Tinnitus, Gott sei Dank.

Mitleidig betrachtete sie die armen Wesen an der Kasse, die dieser Geräuschkulisse Stunden über Stunden ausgesetzt waren, und schwor sich, nie wieder über ihren stillen Büroschreibtisch zu schimpfen.

Als sie ihr Auto nach ewigem Kreisen um den Häuserblock in eine winzige Parklücke quetschte, aus der sie nur wieder herauskäme, wenn vor und hinter ihr ein Smart parken würde, stürmte sie, bewaffnet mit Einkaufstüten und Taschen hoch zu ihrer Wohnung.

Kathis Katze machte keinen Hehl aus ihrer Verärgerung und setzte sich beleidigt und demonstrativ wartend vor ihren Fressnapf.

„Nicht böse sein, ich habe dich nicht vergessen", redete Kathi ihrer Katze gut zu, fingerte das Katzenfutter aus der tiefsten Ecke des Einkaufsbeutels und stellte erst einmal die Katze zufrieden.

Obwohl es erst fünfzehn Uhr war, dämmerte es. Die Ware musste warten oder Kathi musste ihre Fenster im Dunkeln putzen. Dieses ewig graue Wetter hielt nun schon mehrere Tage an und ging ihr langsam auf die Nerven. Weit und breit war kein Sonnenstrahl in Sicht! Kein Wunder, dass jeder über Müdigkeit und einen seelischen Blues klagte.

Sie bewaffnete sich mit zwei Putzeimern, zwei Lappen, Brennspiritus und einer Leiter, stellte ihre Anlage an, setzte sich ihren Funklautsprecher auf den Kopf und befreite die verschmutzten Scheiben vom spätsommerlichen Fliegendreck. Solange es draußen halbwegs hell war, ging ihr die Arbeit zügig von der Hand. Je dunkler es jedoch wurde, desto flinker wurde sie. Ihre Arme erlahmten, die Halswirbelsäule meldete sich und signalisierte, dass sie nun lange genug überstreckt worden war und eine aufrechte Position bevorzugen würde.

Zufrieden schloss sie das letzte Fenster und balancierte mit beiden Eimern rückwärts die Leiter hinunter, ein gewagtes Unterfangen! Die Leiter begann zu wackeln, der erste Eimer rutschte Kathi aus der Hand und mit dem zweiten Eimer fiel sie der Länge nach auf den Boden. Die Leiter hatte sich gegen den Küchenschrank gelehnt und rutschte knirschend über die Küchenfliesen, bis sie reglos am Boden lag. Kathi lag daneben, um sich herum eine braune Brühe, die den gesamten Küchenfußboden bedeckte.

‚Die meisten Unfälle passieren im Haushalt', hörte sie innerlich die Stimme ihrer Mutter.

„Schöne Scheiße", fluchte Kathi und versuchte, sich aus der Pfütze um sich herum zu befreien. Nun konnte sie auch noch die Küche wischen!

Das Aufrichten war ein Kraftakt, denn sie spürte einen stechenden Schmerz im linken Knöchel. Sie hoffte inständig, sich nichts gebrochen zu haben. Im Vierfüßlerstand gelang es ihr, von der Küche ins Badezimmer zu krabbeln, sich an der Duschkabine hochzuziehen und von dort auf einem Bein humpelnd, den Klodeckel zu erreichen. Der Fuß schwoll in Sekundenschnelle bedrohlich an.

Sie wusste, dass sie ihre Hausapotheke ewig nicht auf den neuesten Stand gebracht hatte, aber ein Rest Mobilat und eine elastische Binde konnte sie noch finden. Sie schaute nicht auf die Uhr, aber nach einer Ewigkeit hatte sie es geschafft, im Vierfüßlerstand die Küche trocken zu legen, ständig in der Angst, die alte Dame unter ihr käme, um sich über Wasserflecken an ihrer Küchendecke zu beklagen.

Aber es blieb still an ihrer Wohnungstür.

Mit letzter Kraft packte sie ihre Einkäufe in den Kühlschrank, griff nach allen verfügbaren Kühlkissen und Eiswürfeln und packte sich aufs Sofa.

Als sie die Regionalnachrichten im Fernsehen anschaltete, hörte sie nur noch, dass die Bombenentschärfung geglückt war, alle evakuierten Menschen wieder wohlbehalten in ihren Wohnungen waren und am nächsten Tag überall die Arbeit wieder aufgenommen werden könne.

„Morgen ist ein neuer Tag. Alles wird gut", schoss es ihr durch den Kopf, bevor der Schlaf sie tief und traumlos umfing.

Neuigkeiten

Es war im Altweiber-Sommer.

Die Sonne schickte ihre letzten wärmenden Strahlen aus. Die Menschen, die an diesem Nachmittag zum Dorffest am alten Anger herbeiströmten, waren guter Laune und freuten sich darauf zu bummeln, Freunde und Bekannte zu treffen, ein wenig zu klönen und an den vielen Buden und Ständen ihren Hunger und Durst zu stillen.

Sie nahm den Teller mit dem Russischen Zupfkuchen und ihren Milchkaffee und suchte sich vor dem Kuchenstand auf einer Holzbank einen Sitzplatz. Sie war allein. Ihr Alter war schwer zu schätzen, irgend etwas zwischen fünfundsechzig und achtzig. Ihr graues Wollkostüm war ebenso zeitlos wie ihre grauen Haare, die sorgfältig hochgesteckt waren. Ihr braun gebranntes Gesicht mit den unzähligen Fältchen um Augen und Mund und ihre derben, mit Altersflecken übersäten Hände zeigten, dass sie viel an der frischen Luft arbeitete.

Mit zufriedenem Gesicht verzehrte sie den Kuchen langsam, mit Genuss. Zum Kaffee rauchte sie eine Zigarette und sog den Rauch tief ein. Dann begann sie zu sprechen, leise und lebhaft. Dabei glitten ihre graugrünen Augen aufmerksam über den Platz. Interessiert beobachtete sie die Menschen um sich herum, die zu zweit oder in Grüppchen beisammen standen. Der eine oder andere grüßte sie, sie antwortete stets mit einem freundlichen Kopfnicken und redete weiter vor sich hin. Niemand schien sich darüber zu wundern, dass sie alleine saß und mit sich selbst redete.

Ich folgte ihr in sicherem Abstand, als sie an einem Stand mit selbst gestalteten Seidenschals verweilte und sich ein Halstuch kaufte, an einem anderen Stand prüfend das Obst betrachtete und ein Pfund Pflaumen erwarb. Hin und wieder blieb sie stehen, schüttelte dem einen oder anderen die Hand und wechselte ein paar Worte mit Bekannten, die sich offenbar freuten, sie hier zu treffen.

Aber stets setzte sie ihren Weg alleine fort. An einem Weinstand kaufte sie eine Weißweinschorle, setzte sich wieder ein wenig abseits von einer Gruppe und rauchte eine weitere Zigarette.

Ihr Blick schweifte ein wenig ab und sie begann erneut zu reden.

Diese Frau übte eine eigenartige Faszination auf mich aus.

Sie nahm als intensiver Beobachter und aktiver Teilnehmer an diesem Dorffest teil und trotzdem schien sie sich in ihrer eigenen Welt zu bewegen. Niemanden störte das.

Sie schien mit sich selbst und ihrer Welt in Einklang. Und das, was sie erzählte, war nur für einen einzigen Menschen bestimmt, für jemanden, der nicht mehr auf dieser Welt weilte.

Sie sprach mit ihrem Mann, mit dem sie jedes Jahr im Herbst auf diesem Fest war, seitdem sie hier wohnten. Alle Neuigkeiten teilte sie ihm mit, so wie sie es in all den Jahren ihrer gemeinsamen, langen Ehe getan hatte. Und er hatte immer aufmerksam zugehört und ihr zugelächelt.

Zu spät

Fröstelnd zog sie sich ihre dicke Strickjacke enger um die Schultern und zog die angewinkelten Beine auf dem Sofa näher an sich heran. Im Kamin loderte ein wärmendes Feuer, die Flammen tanzten vergnügt hin und her, als wollten sie sie aufheitern. Die Botschaft kam nicht an, ebensowenig wie die Wärme aus dem Kamin ihr Innerstes erreichte.

Sie spürte nur Kälte und Leere. Ihr ausdrucksloser Blick wanderte durch den weitläufigen Wohnraum. Eine einzige Grünpflanze zierte ihn. Die Einrichtung war eher spartanisch, zweckmäßig, in grau und weiß gehalten. In der angrenzenden Küche ein ähnliches Bild, sauber und ordentlich, nichts außer ein paar Küchengeräten wie Toaster und Kaffeemaschine standen herum. Nur eine Schale mit Obst ließ darauf schließen, dass hier jemand lebte.

Bis vor vierundzwanzig Stunden sah ihre Welt noch ganz anders aus. Seitdem die Tür vor wenigen Minuten ins Schloss gefallen und er mit zwei Koffern gegangen war, hatte sie eine eigenartige Starre erfasst. Sie wollte schreien und weinen zugleich, sie konnte nicht. Sie konnte sich noch nicht einmal richtig bewegen.

Zehn Jahre Ehe waren mit dem Zuschnappen der Tür beendet, einfach so.

Sie hatten am Ende des Studiums geheiratet, es war in ihrem Freundeskreis gerade ‚In' gewesen zu heiraten. Sie, die frisch gebackene Juristin, er, der angehende Chirurg, beide besessen von einer steilen Karriere, die sie mit harter Arbeit auch erreichten.

Ihre Anwaltskanzlei lief vorbildlich, ihre Erfolgsquote war

beneidenswert. Er war Chefarzt in einer Klinik geworden und sein exzellenter Ruf hatte sich längst bis ins Ausland verbreitet. Ärztekongresse und Vortragsreisen waren seine Leidenschaft neben der Arbeit in der Klinik.

Die ersten Jahre ihrer Ehe waren glücklich trotz der vielen Arbeit. Zweimal im Jahr gönnten sie sich eine längere Urlaubsreise ins Ausland. Sie bauten ein Haus, in dem eine fünfköpfige Familie hinreichend Platz gehabt hätte.

Aber das Haus war und blieb still. Das Leben fehlte. Die Putzfrau hielt es in Ordnung, der Gärtner pflegte den Garten, alles war pikobello, zweckmäßig und praktisch.

Sie wollten beide Kinder haben. In jedem Urlaub träumten sie davon, wie wunderbar es wäre, wenn helle Kinderstimmen durchs Haus hallten, wo im Garten ein Sandkasten, eine Schaukel oder ein Swimmingpool angelegt werden könnte.

Die Jahre vergingen, die Arbeit fraß sie beide auf. Manchmal sahen sie sich tagelang nicht.

Erst am Wochenende hatten sie etwas Zeit für sich.

Monat um Monat verging. Die Träume blieben. Nie war es der richtige Zeitpunkt. Und so vergingen die Jahre, bis es für ein Kind schon fast zu spät war.

Vor lauter Karriere hatten sie sich und ihre Wünsche beinahe vergessen. Vergessen? Oder waren sie inzwischen einander so fremd geworden, dass auch die Wünsche in Vergessenheit geraten waren?

Sie dachte sich nichts dabei, als seine Nachtdienste immer häufiger wurden. Sie hatte immer viel zu tun und verbrachte immer mehr Zeit abends in der Kanzlei, arbeitete bis in die Nacht und blieb nicht selten bis zum nächsten Morgen da, wenn er in der Klinik war. Die Kanzlei war zu einer Art Zweitwohnung geworden, wie sein Arbeitszimmer, wenn er Nachtdienst hatte.

Sie gönnte ihm seinen Erfolg und war stolz auf ihn. Aber sie konnte ihm auch nicht nachstehen. So setzte sie alles daran, in ihrem Beruf ebenso erfolgreich zu sein wie er. Als regelmäßig Artikel von ihr in diversen Juristenmagazinen erschienen, hatte sie für sich den Punkt gefunden, sich zurückzulehnen.

Nun war sie bereit, an ein Kind zu denken. Sie war neununddreißig, es wurde Zeit.

Gestern Abend hatte sie ihn zu einem Essen in einem sündhaft teuren Restaurant eingeladen. Er würde sich sicher freuen, schließlich hatten sie sich immer Kinder gewünscht.

Erwartungsvoll schaute sie ihm entgegen, als er kam. Sie war beim Friseur, zur Kosmetik und hatte sich extra einen neuen Hosenanzug für dieses Essen gekauft. Ob er es bemerken würde?

„Ich muss mit dir reden", schaute er sie ernst an. „Ich mit dir auch", gab sie lächelnd zurück, „fang du an."

Er suchte nach Worten. „Ich ziehe aus."

Sie starrte ihn an, seine Worte trafen sie wie ein Paukenschlag. „Warum?"

„Weil ich endlich leben möchte. Ich will dir nicht weh tun, aber ich möchte endlich eine Familie haben."

„Genau darüber wollte ich heute mit dir sprechen. Wir sollten anfangen, unsere Träume zu verwirklichen. Wir haben gearbeitet, Karriere gemacht, wir haben Geld und nun sollten wir daran denken, eine richtige Familie zu gründen."

„Das habe ich getan und dazu will ich nun auch ganz offiziell stehen."

„Ich verstehe nicht ...?"

„Es gibt da jemanden. Fast hätte ich den Zug verpasst, aber sie hat mich wach gerüttelt. Sie hat mir gezeigt, was es heißt, zu leben und zu lieben. Ich bin gestern Vater geworden. Sie und mein Sohn brauchen mich."

Sie starrte ihn an, war unfähig, nur ein Wort zu sagen.

‚Zu spät! Du hast deine Chance vertan' war der einzige Gedanke, der in ihrem Kopf wie ein Presslufthammer hämmerte, zu spät.

„Es tut mir Leid. Aber ich kann an deiner Seite nicht mehr atmen. Morgen hole ich meine Sachen."

Mit diesen Worten stand er auf und ging, ohne ein weiteres Wort und ohne sich noch einmal umzudrehen.

Gewitterluft

Seit Tagen braut sich etwas zusammen. Ich spüre es, aber ich kann es nicht greifen.

Du bist schlecht gelaunt, noch schweigsamer als sonst und ich merke, wie du mich verstohlen beobachtest.

Ich zerbreche mir den Kopf. Habe ich etwas Falsches gesagt? Habe ich irgendetwas nicht richtig gemacht? Ich bin mir keiner Schuld bewusst.

Auf meine vorsichtigen Fragen, ob etwas sei, es dir nicht gut ginge, dir irgendetwas unter den Nägeln brennt, reagierst du immer gleich. „Was soll denn los sein? Es ist alles in Ordnung."

Ich könnte platzen! Natürlich ist etwas! Es gibt etwas, was dir auf der Seele liegt!

Es ist immer das Gleiche! Du schmollst vor dich hin, kehrst den Introvertierten heraus, strafst mich mit Schweigen und machst alles mit dir alleine ab.

Unsere Wahrnehmungen verschieben sich, je länger deine Schmollphase dauert. Deine Wahrnehmung wird immer mehr zu deiner Realität. Und ich habe – wie immer – keine Chance, etwas dagegen zu setzen.

Die Luft ist schwül, das Atmen fällt mir schwer. Ich wünsche mir nur eines, dass es donnert und blitzt, dass es nur so niederprasselt, dass die Worte sich den Weg aus deinem Inneren bahnen und deine Seele sich entlädt.

Nur so wird die Luft wieder klar und rein und wir haben den Sauerstoff, den wir zum Leben brauchen.

Kurschatten

Gerade angekommen, möchte ich schon wieder nach Hause fahren. Fern der Heimat, für ganze sechs Wochen mit einem vollen Therapieplan. Wie soll ich das aushalten? Und um mich herum Menschen, die aus demselben Grund hier sind wie ich, deren Akku so leer wie meiner ist, bei denen nichts mehr geht. Sehe ich auch so aus? Verkniffen, erschöpft, abgespannt, deprimiert und lustlos?

Wir sitzen an einem Tisch. Du scheinst schon länger hier zu sein. Anstatt dass du mit mir redest, um mir das Einleben etwas schmackhaft zu machen, stopfst du wortlos dein Mittagessen in dich hinein, verabschiedest dich – wichtig, wichtig - mit einem ‚Ich muss zur Anwendung' und verschwindest. Bornierter Affe, Marke Managertyp, immer in Eile, immer auf der Flucht.

Neue Wege der Entspannung ... Prima, statt mich zu entspannen, werde ich beim Autogenen Training nervös und möchte am liebsten schreiend weglaufen. Übungen auf dem großen Gymnastikball, ich komme mir vor wie im Zirkus! Progressive Muskelentspannung, was ist daran progressiv? Nur vermehrte Schmerzen in der Muskulatur! Raucherentwöhnungskurs – dank des Rauchverbotes im gesamten Klinikbereich schmeckt die schnelle Zigarette bei Minusgraden vor der Tür besonders eklig! Nichts mit Gemütlichkeit bei einer Tasse Kaffee oder einem Gläschen Wein. Wer will mir vorschreiben, in diesen sechs Wochen aufhören zu müssen! Ich höre auf, wenn ich will und wann ich will.

Die ersten Tage sind geschafft, ich habe mich ein wenig eingewöhnt und stelle mich auch nicht mehr wie ein Schüler in der ersten Sportstunde an.

Du bist nicht mehr so mundfaul wie am ersten Tag. Eigentlich bist du sogar ganz nett. Wir haben so manche Anwendung gemeinsam, treffen uns in der einen oder anderen Gruppe wieder.

Da du schon ein paar Tage länger hier bist als ich, nimmst du dir Zeit und wir gehen zusammen spazieren. Was wir uns morgens beim Joggen an Kalorien ablaufen, führen wir uns nachmittags mit Cappuccino und Kuchen wieder zu.

Zum Glück bist du nicht in derselben Gruppentherapie wie ich. Ich kenne meine Probleme und bin der Ansicht, dass ich sie selber lösen kann, ohne den üblichen Betroffenheitskrempel anderer Menschen, die ich nach den sechs Wochen nie wiedersehen werde.

Die Gespräche mit dir fangen an, mir gut zu tun. Wir sind so unterschiedlich, wie die Probleme, die uns hierher geführt haben. Aber unsere Sichtweisen sind ähnlich und ich nehme fast jeden Rat von dir an, so wie du für dich über meine Sichtweise reflektierst.

Ich habe dich in meinen Tagesplan fest eingebaut und freue mich auf dich.

Am Wochenende haben wir unseren höllischen Spaß. Wir sind beide so weit weg von zu Hause, dass wir keinen Besuch von daheim bekommen. Die Pärchen, die man in der Woche in der Klinik antrifft, verhalten sich am Wochenende wie Fremde. Brav laufen sie an der Hand des Ehepartners und schauen zur Seite, wenn der Kurschatten mit dem eigenen Ehepartner an der Hand entgegenkommt.

Wir haben uns angefreundet, uns gegenseitig geöffnet und tun einander gut – mehr nicht.

Die Frage, ob mehr daraus wird, habe ich mir bisher nicht gestellt. Und wenn doch? Verstohlen schaue ich dich von der Seite an. Vorstellen könnte ich es mir. Nein, wir tun uns nur gut, fangen an, uns zu erholen und mehr nicht.

Die Wochen vergehen. Zu Hause ist ganz weit weg. Ich bin mir wichtig und sorge hier gut für mich. Mein Akku ist zaghaft dabei, sich wieder aufzuladen. Ich fühle mich ausgeglichener, die sportlichen Aktivitäten machen mich fit, wie schon lange nicht mehr. Ich habe ein neues Körpergefühl entwickelt und bin mit mir zufrieden.

Eines Abends passiert, was nicht passieren soll. Wir kommen uns sehr nah. Trotz des schlechten Gewissens genießen wir es und wiederholen es. Lange geschlossene Türen öffnen sich, unsere Welt steht Kopf.

Viele Kurgenossen fahren nach Hause, wollen ihr Leben ändern. Bei manchen ist von baldiger Trennung und Scheidung die Rede. Ich habe Angst. Wo steuern wir hin?

Wir lernen, mit unseren Gefühlen zu leben. Wir leben sie aus und es geht uns gut dabei.

Als du abreist, verabschieden wir uns. Dein Akku ist wieder voll, du siehst blendend aus und bist voller Elan und Zuversicht. Wenn ich in ein paar Tagen nach Hause fahre, wird es mir ähnlich gehen.

Meine Kur war eine wunderbare Erfahrung. Und du bleibst in meinen Gedanken und in meiner Erinnerung als ein wesentlicher Beitrag dazu, mein süßes Geheimnis – mein Kurschatten.

Falsch verbunden!

Wie hypnotisiert starre ich auf den Anrufbeantworter. In regelmäßigem Abstand von etwa fünfzehn Minuten rufst du an, aber ich gehe nicht ans Telefon.

„Wo steckst du?"

„Wenn du da bist, gehe bitte ran!"

„Ich wollte mich für gestern entschuldigen, aber ich konnte nicht weg."

„Ich noch mal, aber du bist scheinbar immer noch nicht da. … Ich melde mich wieder."

„Bitte, verzeihe mir. Ich liebe dich!"

Du bist es gewöhnt, dass ich ans Telefon eile, wenn du anrufst.

Du hältst es für selbstverständlich, wenn du dich spontan frei machen kannst und unangemeldet vor der Tür stehst, dass ich dir freudestrahlend um den Hals falle.

Du erwartest, dass ich dir verzeihe, wenn du Versprechungen nicht einhalten kannst.

Schluss damit!!! Seit zwei Jahren spiele ich die zweite Geige in deinem Orchester. An Sonn- und Feiertagen hast du entweder keine Verwendung für mich und überfällst mich mit deiner Gegenwart.

Hast du dir je Gedanken darüber gemacht, wie es mir dabei geht?

Noch steht meine Reisetasche, gepackt für ein romantisches Wochenende mit dir, im Schlafzimmer. Stundenlang habe ich gestern daneben gesessen und mir die Augen aus dem Kopf geheult, als du nicht gekommen bist.

Erst heute tauchst du aus der Versenkung auf, versuchst mich zu erreichen. Wahrscheinlich hast du wieder eine deiner üblichen Erklärungen bereit, warum du mich wieder einmal sitzengelassen hast.

Es klingelt. Mein Taxi ist da.

Mit meiner gepackten Reisetasche fahre ich jetzt los, in ein Single-Wochenende, nur mit mir alleine. Und so soll es in Zukunft auch bleiben.

Du brauchst deiner Frau nichts mehr vorzulügen.

Bleib bei ihr.

Leb wohl!

Chat Room

Seit Wochen mache ich nichts anderes, als darauf zu lauern, wann du dich einloggst.

Und wenn ich deinen Nickname lese, beginnt mein Herz Freudensprünge zu machen. Mein Blutdruck steigt, mein Herz klopft so laut, dass du es hören müsstest.

Meine Finger fliegen über die Tastatur. So viel haben wir uns zu erzählen. Unser Vorrat an Gedanken scheint unerschöpflich. Wir verbringen Stunden, ach was, Tage im Chat.

Du bringst mich zum Lachen und zum Weinen. Ich kehre mein Innerstes für dich nach außen. Für alles hast du Verständnis. Geht es mir gut, freust du dich mit mir. Wenn es mir schlecht geht, hast du für mich liebe, zärtliche Worte, die mich wieder aufrichten.

Unsere Beziehung ist keine Einbahnstraße. Auch ich gebe dir alles, wozu ich fähig bin.

Nie habe ich mich einem Menschen so nahe gefühlt.

Es kommt mir vor, als würden wir uns schon ewig kennen, so vertraut bist du mir.

Nachts im Bett stelle ich mir vor, wie du aussiehst und wie es wäre, wenn du jetzt neben mir lägest. Es fühlt sich gut an.

Als ich dich nach einem Foto frage, schlägst du ein Treffen vor.

Raus aus der Welt des Äthers, hinein in die reale Welt?

Wir verabreden uns. Ich bin aufgeregt wie ein Teenager,

buche einen Termin bei der Kosmetikerin und beim Friseur. Ein neues Kleid muss her, sexy, aber unaufdringlich.

Ich will dich beeindrucken.

Ein letzter Blick in den Spiegel – perfekt! Dazu ein Strahlen in meinen Augen, das ich selbst lange an mir vermisst habe.

Unser Erkennungszeichen: eine Rose. Du wolltest eine rote, ich habe mich für eine gelbe entschieden.

Am Ufer des Sees, auf der dritten Parkbank von rechts – dort haben wir uns verabredet. Von weitem sehe ich, dass jemand auf der Bank sitzt. Meine Schritte beschleunigen sich, mein Herz rast vor lauter Aufregung.

Ich habe mir fest vorgenommen, dir nicht gleich in die Arme zu fallen und dich zu küssen.

Du stehst auf, kommst um die Bank herum und siehst mir strahlend entgegen.

Die Erde tut sich unter mir auf und ich erstarre.

Du bist – eine Frau!?!

Was nun?

Abschied

Mit einem freundlichen Lächeln schien er die Anwesenden begrüßen zu wollen. Seine Augen, umrahmt von einer dunklen Brille, und sein dunkler Vollbart um den lächelnden Mund strahlen Zuversicht und Lebendigkeit aus. Ein Bild, so wie ihn jeder kannte und ihn in Erinnerung behalten würde. Das Foto in einem buchefarbenen Rahmen war der Strohhalm, an den sich jeder der Anwesenden klammerte, um nicht der Realität ins Auge sehen zu müssen.

Die Realität war eine andere, verkörpert durch den hellen Sarg aus Buche, der, umgeben von einem Blütenmeer aus Lilien und Rosen, schräg hinter dem Foto stand.

Stille, ab und zu unterbrochen durch das leise Schluchzen und Schneuzen einzelner Trauergäste. Unmöglich, die Brücke zwischen dem Foto eines Mannes, in der Mitte seines Lebens jäh rausgerissen aus der Liebe seiner Familie und dem Verstorbenen im Sarg zu schlagen. Unfassbar, dass diese Zusammenkunft mit ihm die letzte sein sollte, sein letzter Weg, auf dem alle Anwesenden ihn begleiten wollten.

Nur wenige Tage hat es gedauert, bis die Organe in seinem Körper nach und nach versagt hatten, ohne dass es den Ärzten gelang, eine Ursache festzustellen und eine Behandlung für ihn zu finden.

Abschied aus einem Leben, das geprägt war von der Liebe zu seiner Familie, für die er immer wie eine starke Festung war. Für seine beiden angenommenen Töchter, die erwachsen waren und nicht mehr im Elternhaus lebten, für die er aber immer ein offenes Ohr hatte und die immer gerne nach Hause kamen. Für seine Frau, die gerade nach einer Brustamputation so weit genesen war, dass sie wieder arbeiten konnte und ohne ihn diese schwere Zeit nicht durchgestanden hätte.

Seinem Nesthäkchen galt stets seine besondere Fürsorge und Liebe. Was verstand sie von all dem, was um sie herum vorging? Ihr Rollstuhl stand vor seinem Sarg, ihre Augen wanderten ruhelos durch die Kapelle, so weit sie ihren Kopf zu drehen vermochte. Hier war sie noch nie gewesen. Hin und wieder kam ein unverständlicher Laut aus ihrer Kehle, mit dem sie ihre Gefühle ausdrücken wollte. Dazu bewegten sich ihre Hände unkontrolliert hin und her, ihre Beine ließen sich nicht bewegen.

Als die Orgelmusik einsetzte, lauschte und lachte sie, das schien ihr zu gefallen.

Ihre Schwester streichelte ihr ununterbrochen die rechte Wange und lächelte sie unter Tränen an. Selbst, wenn Julchen nicht verstand, was um sie herum vorging, sie würde ihren Vater vermissen, die vielen gemeinsamen Stunden mit ihm, wenn er sie wickelte und anzog, an ihrem Bett saß und mit ihr redete, wenn er im eigens für sie gebauten Swimmingpool mit ihr plantschte, was sie so sehr liebte.

Trotz der kühlen Temperaturen an diesem grauen Julitag, durchwärmten die Worte der Pastorin die kleine Kapelle, als sie sein Leben in Einzelheiten schilderte. Einzelheiten, die sein Leben noch einmal Revue passieren ließen, für die, die ihm am nächsten standen und Stationen aus seinem Leben, für die, die ihn nicht mehr näher kennenlernen konnten.

Als sich der Trauerzug in Richtung Grabstelle in Bewegung setzte, begann der Himmel aufzureißen und die ersten kleinen, blauen Fetzen wurden sichtbar. Die Stille des Friedhofes wurde nur durch das AVE MARIA des Trompeters durchbrochen. Selbst die Vögel schienen zu lauschen.

Der letzte Abschnitt. Sechs Träger lassen den schweren Sarg in die Gruft hinab gleiten. Ein letzter Gruß, ein Sträußchen Blumen, Rosenblätter und Sand fallen fast lautlos auf den Sarg.

Und auf allen Gesichtern die unbeantwortete Frage: WARUM?

Käthe und Anton

Müde saß er am Küchentisch und legte das Gesicht in seine runzligen Hände. Seit Tagen saß ihm ein Kloß im Hals, der wie ein Abszess von Tag zu Tag dicker wurde. Wie sollte es weitergehen?

Verstohlen wischte er sich über die feuchten Augen, denn Käthe kam in die Küche. Sie sollte seine Tränen nicht sehen.

„Wollen wir essen? Es ist alles fertig."

Er nickte ihr freundlich zu, erhob sich mühsam und deckte den Tisch. Beim fast schweigsamen Mittagessen lief das Radio mit den aktuellen Tagesnachrichten und den neuesten Meldungen aus aller Welt.

„Ich möchte nicht mehr jung sein", brach es plötzlich aus Käthe hervor. „So viele Schwierigkeiten, denen die jungen Leute heutzutage ausgesetzt sind."

„Haben wir es früher leichter gehabt? Hast du den Krieg und die schweren Zeiten danach vergessen?" Beim Wort 'vergessen' biss Anton sich fast auf die Unterlippe.

„Nein, natürlich nicht. Es waren harte Zeiten, damals ..."

Käthe legte ihren Löffel in den halbleeren Teller und schaute aus dem Fenster, als kehre ihr inneres Auge um einige Jahrzehnte zurück.

„Käthe? Bist du schon satt?", fragte Anton beunruhigt.

„Nein, ich habe nur daran gedacht, dass wir damals anders waren. Wir hatten ein Ziel, wir waren motiviert und wir hatten gelernt, gemeinsam etwas anzupacken und haben es auch geschafft. Und heute? Was erwartet die jungen Leute?

Arbeitslosigkeit, ob mit oder ohne Schulabschluss, eine vergiftete Umwelt und Krankheiten, die es früher nicht gab."

„Doch, Käthe, all das gab es früher auch. Bloß stand das damals alles im Hintergrund und man konnte es nicht benennen, man wusste zu wenig", konterte Anton energisch, doch das wollte Käthe so nicht stehen lassen.

„Für uns war früher klar, wie das Leben seinen Lauf nimmt. Man hat einen Beruf erlernt und eine Familie gegründet Ein Kind wurde nicht geplant, wenn es da war, war es da. Einen weiteren 'Esser bekommen wir auch noch satt'. So hat man gedacht und auch gehandelt. Und irgendwann war man alt und ist gestorben. Und heute? Wie viele Kinder können gar nicht erwachsen werden und werden vorher abgetrieben oder kommen auf andere Weise um? Wie viele junge Leute sterben durch Drogen? Wie viele intakte Familien gibt es noch? Wie viele geraten auf die schiefe Bahn, weil sie mit dem Leben nicht mehr klarkommen?"

Angriffslustig blickte sie Anton an, der das Thema beenden wollte.

„Die Zeiten haben sich geändert, ebenso wie die Menschen."

Mit Appetit wandte er sich wieder seiner Sauerkrautsuppe zu und bestrich sich eine weitere Scheibe Brot dick mit Butter.

„Anton, der Arzt hat gesagt, du sollst nicht so viel Butter essen. Das erhöht deine Cholesterinwerte."

Käthes mahnende Stimme hielt ihn nicht davon ab, noch eine Lage Butter aufs Brot zu schmieren.

„Wir müssen alle mal sterben, wie, ist doch auch egal."

Käthe gab es auf. Über gesunde Ernährung konnte sie mit Anton nicht reden. Er aß, was ihm schmeckte. Ob gesund oder nicht, darüber machte er sich kaum Gedanken.

Während Anton seine Vesper genoss, wanderten seine Gedanken zum Gespräch mit Käthe zurück. Innerlich musste er lächeln, so redselig war sie lange nicht mehr beim Essen gewesen. In letzter Zeit schien sie oft abwesend und in sich gekehrt zu sein. Merkte sie etwas? Warum sprach sie nicht mit ihm darüber?

Er hatte mehrfach vor, sie direkt zu fragen, aber er scheute sich davor. Er wusste auch nicht, wie er ein solches Gespräch beginnen sollte. Er konnte doch nicht mit der Tür ins Haus fallen.

Käthe hatte mittlerweile den Tisch abgeräumt, das schmutzige Geschirr in die Spülmaschine gepackt und Wasser für einen Kaffee aufgesetzt. Alles im grünen Bereich, registrierte Anton.

„Käthchen, ich mach mir ein Bier auf, trink du mal deinen Kaffee. Bei der Hitze heute brauche ich etwas Kaltes."

„Wie du willst", antwortete Käthe, goss sich heißes Wasser auf den Teelöffel Nescafé und balancierte die Kaffeetasse, deren Inhalt beinahe überschwappte, zum Küchentisch.

Wie jeden Mittag nahm Anton sein Kreuzworträtselheft und Käthe schaute in die Tageszeitung. Eine halbe Stunde Mittagsruhe, nach der jeder von ihnen entspannt an seine Arbeit zurückging.

Bisher hatte Anton für Zweifelsfälle ein Kreuzworträtsellexikon benutzt. Obwohl es griffbereit da lag, schaute er nicht hinein, sondern fragte Käthe.

„Warum schlägst du nicht nach?", fragte sie missmutig, ohne von ihrer Zeitung aufzublicken.

'Ja, warum wohl?', dachte Anton und brubbelte „Das Nachschlagen dauert mir zu lange" vor sich hin. Käthe ließ sich von ihrer Zeitungslektüre nicht ablenken und las ungestört weiter. So kam aber auch Anton nicht weiter. Plötzlich fiel ihm etwas ein. Er schaute Käthe an.

„Musst du nicht heute Nachmittag zum Arzt? Heute ist doch der sechsundzwanzigste."

„Meinst du? Ich weiß es nicht. Habe ich das nicht irgendwo aufgeschrieben?"

Obwohl er sie wieder beim Lesen gestört hatte, stand sie sofort auf, schlurfte zur Pinnwand und suchte nach einer handgeschriebenen Notiz. „Tatsächlich, du hast Recht", murmelte sie mit großen Augen.

Es gab Anton einen erneuten Stich. Käthe war immer ein lebender Terminkalender gewesen. Sie hatte alle Termine, Daten für Überweisungen, Geburtstage und wichtige Telefonnummern stets präsent gehabt. Seit geraumer Zeit jedoch bepflasterte sie die Pinnwand mit unzähligen Zetteln, gespickt mit roten und blauen Pfeilen, mit den Zusätzen 'wichtig' und 'noch in dieser Woche zu erledigen'.

„Dann werde ich mich mal fertig machen."

Käthe faltete sorgfältig die Zeitung zusammen, schlurfte aus der Küche und ging die knarrende Treppe zum Schlafzimmer hinauf.

Als Käthe mit ihrem Fahrrad schließlich außer Sichtweite war, verschloss Anton sorgfältig die Terrassentür und zog sich in sein Arbeitszimmer zurück. Er starrte wie hypnotisiert auf den Hörer des alten, schwarzen Telefons, nahm ihn mehrfach auf und legte ihn resigniert zurück auf die Gabel. Wie schwer es doch war, gleich über zwei Schatten zu springen.

Drei Jahre war es her, dass er sich mit seiner Tochter zerstritten und sie nicht mehr angerufen hatte. Er wusste, dass Käthe regelmäßig mit ihr telefonierte und tat so, als ginge ihn das alles nichts mehr an. In seinem Inneren litt er wie ein Hund, aber Charlotte hatte seinen Dickkopf geerbt und würde sich eher selbst die Finger abhacken, als den ersten Schritt zu tun.

Er gab sich einen Ruck und wählte mit zitternden Händen die noch vertraute Nummer. Ehe Anton nur einen Gedanken daran verschwenden konnte, womöglich wieder aufzulegen, meldete sich der Teilnehmer schon.

„Schmidt, guten Tag."

„Guten Tag, Charlotte."

„Vater, du? Was ist passiert? Ist etwas mit Mutter?"

Anton hörte den sorgenvollen Unterton in ihrer Stimme und fragte sich, ob sie sich je Sorgen um ihn gemacht habe.

„Nein ... doch. Ich mache mir große Sorgen um sie."

Und dann stürzte es aus ihm heraus, was er in den vergangenen Wochen an Veränderungen bei Käthe bemerkt hatte. Ihre Gedächtnislücken an kurz zurückliegende Ereignisse, dass sie mehrmals vergessen hatte, die Herdplatten auszuschalten, dass sie ihr Gebiss in den Kühlschrank oder in den Backofen, statt in den Gebissbehälter gelegt und erst nach langem Suchen wiedergefunden hatte. Er berichtete seiner Tochter von Käthes Mühen, ihre Schnürsenkel zu binden, dass sie in Gesprächen oft den roten Faden und im Dorf immer mehr die Orientierung verlor und gute Bekannte nach ihren Namen gefragt hatte ...

„Ach, Charlotte", seine Stimme zitterte, „es wird von Tag zu Tag schlimmer. Als würde sich eine Laufmasche durch ihren Kopf ziehen und immer breiter werden."

Seine Stimme versagte und Charlotte hörte ihren Vater zum ersten Mal weinen. Ihre Stimme war ganz belegt. Sie musste sich erst räuspern, bevor sie ihre Fragen formulieren konnte.

„Weiß Mutter über ihren Zustand Bescheid? Habt ihr darüber gesprochen?"

„Sie irrt manchmal nachts durchs Haus und ich höre sie weinen. Sie wird merken, dass etwas anders geworden ist. Sie selbst sagt nichts darüber und ich weiß nicht, wie ich mit ihr darüber reden soll. Ich passe aber gut auf sie auf."

„Das solltest du auch weiterhin tun. Ich werde so schnell wie möglich für ein paar Tage zu euch kommen. Das ist gar kein Problem, denn ich habe noch etliche Tage Resturlaub. Und wenn ich da bin, rede ich mit ihr, ganz behutsam. Und dann bringen wir sie zum Arzt und sehen weiter."

„Ja, das wäre großartig. Lass uns jetzt aufhören, deine Mutter kommt zurück. Ich freue mich, Charlotte, und das meine ich von Herzen. Und ... danke."

Wieder wischte sich Anton die Tränen aus dem Gesicht und ging in den Flur, um Käthe zu begrüßen.

„Da bist du ja wieder. Und – was sagt der Arzt?"

Zärtlich nahm Anton seine Frau in die Arme. Käthe lehnte

sich kurz zurück und blickte ihn prüfend an. „Alles bestens – er ist sehr zufrieden mit mir", antwortete sie und schmiegte sich wieder in Antons Arme. Wie lange hatten sie nicht mehr so eng umschlungen zusammen gestanden.

Käthe seufzte tief. Anton schien immer noch nichts von ihrer beginnenden Krankheit bemerkt zu haben. Wie lange würde sie ihm das noch verheimlichen können? Sie schloss die Augen und genoss den Augenblick der Wärme und Zärtlichkeit.

Risiken und Nebenwirkungen

Eingehend betrachtete sie sich im Spiegel. Die Narben waren fast völlig verheilt und ein zufriedenes Gesicht lächelte ihr entgegen. Ihr Blick glitt an ihr herab und was sie sah, erfüllte sie mit innerer Genugtuung. Sie hatte es geschafft und sich einen Traum verwirklicht.

Ein langer, harter Weg lag hinter ihr. Trotz der Schmerzen, die sie noch hatte, war sie glücklich und hatte einen Elan, den sie in den letzten Jahren oft vermisst hatte.

Sie hatte ihren Koffer gepackt. In einer halben Stunde würde ihr Taxi zum Flughafen kommen und am Nachmittag würde sie zu Hause sein, nach vier langen Wochen.

Sorgfältig schminkte sie sich. Sie hatte sich ein eng anliegendes Kostüm für die Reise gekauft, das ihrer Figur schmeichelte.

Wie in jedem Jahr hatte sie vorgegeben, ihre vier Wochen Urlaub in Bulgarien zu verbringen. Das war ihr jährliches Highlight, im Juni mit einem Koffer voller Sommerbekleidung und ausreichend Büchern für vier Wochen allein ans Meer zu fahren und sich zu erholen. Sie liebte es, völlig alleine zu sein, in den Tag hinein zu leben und zu tun, was ihr gefiel. Und sie hatte Zeit zu lesen. Im Urlaub verschlang sie alles, was sie in Buchform in die Hände bekam.

In ihrem Beruf als Maklerin war sie erfolgreich und verdiente sehr gut.

Ihre Ehe war glücklich, die Kinder waren aus dem Haus.

Trotzdem war sie schon lange mit sich selbst nicht mehr zufrieden gewesen und ein grauer Schleier hatte sich hartnäckig auf ihre Seele gelegt.

Die Geburt von drei Kindern hatte deutliche Spuren auf ihrem einst makellosen Körper hinterlassen. Besenreiser und Krampfadern ließen sich nicht überschminken. Ihre Brüste hatten an Straffheit eingebüßt. Der Beginn der Wechseljahre hatte zudem ein Pfund nach dem anderen an Bauch, Hüfte und Po hinzugefügt und gegen ihre regelmäßigen Fressattacken konnte ihre einst bemerkenswerte Disziplin nur hin uns wieder etwas ausrichten. Sie hatte Unmengen von Geld in Anti-Falten-Cremes gesteckt, aber die Augenringe und die immer tiefer werdenden Falten um Augen und Mund blieben. Ihre einst volle blonde Mähne hatte alle Spannkraft verloren und zur Abdeckung der grauen Strähnen musste regelmäßig Farbe her.

Sie konnte ihr Spiegelbild nicht länger ertragen. Trennkost und der Besuch bei den Weight Watchers brachten ihr nicht den erwünschten dauerhaften Erfolg. In ihrer Nordic-Walking-Gruppe fühlte sie sich wie das kleine hässliche Entlein, das immer das Schlusslicht bildete, und in die gemischte Sauna ging sie schon lange nicht mehr, weil sie den Anblick wohlgeformter straffer Brüste, schlanker Taillen und knakkiger Hintern nicht mehr ertragen konnte. Nicht nur, dass sie im nächsten Monat fünfzig wurde, sie fühlte sich wie siebzig und fand, dass sie mindestens wie fünfundsechzig aussah.

So konnte es nicht weiter gehen, beschloss sie eines Tages und warf ihre Antidepressiva sowie ihre Sojaisoflavonen in den Mülleimer Sie hatte sich intensiv vorbereitet, Bücher gelesen, Fachärzte konsultiert, sich über Risiken und Nebenwirkungen hinreichend informiert und nach langer Suche die für sie geeignete Klinik gefunden.

Während ihr Mann sie wie in den Jahren zuvor in Bulgarien wähnte, verbrachte sie vier harte Wochen in einer Berliner Klinik für Plastische Chirurgie, Ästhetische Lasermedizin und Medizinische Kosmetik.

Sie nahm den Kampf des Fettabsaugens gegen Fettzellen und Fettpölsterchen auf, die trotz Sport und Diät immer sehr schnell wieder gekommen waren, wenn sie nur ein wenig nachlässig wurde. Ihr Erscheinungsbild wurde wieder sportlich und jugendlich.

Diverse Faltenunterspritzungen hatten die markanten Falten in ihrem Gesicht geglättet oder zumindest augenscheinlich gemindert. Die Straffung der Stirn, die Anhebung der Augenbrauenpartie und der Ober- und Unterlider, verlieh ihr ein frisches Aussehen.

Sie konnte wieder tiefe Ausschnitte tragen, die ihren gestrafften und vergrößerten Busen zur Augenweide machten und nach diversen gezogenen Krampfadern musste sie ihre wohlgeformten Beine nicht mehr in Hosen verstecken.

Die Unmengen von Geld, die sie in der Klinik gelassen hatte, störten sie nicht. Sie hatte erreicht, was sie wollte. Sie gefiel sich, nahm sich selbst an und konnte wieder herzhaft lachen. Alle Depressionen hatten sich wie ein Frühnebel aufgelöst.

Sie konnte es kaum erwarten, ihrem Mann gegenüberzutreten. Jedes Detail hatte sie minutiös geplant, die Zeit, die sie zu Hause benötigte, um sich frisch zu machen, das enge schwarze, tief ausgeschnittene Kleid anzuziehen und die

Zeit, die er vom Büro zum Restaurant brauchte. Er war verwundert, dass er sie nicht vom Flughafen abholen sollte. Aber sie konnte ihm plausibel erklären, dass sie nach vier Wochen bulgarischer Küche unbedingt erst mal etwas Heimatliches zu essen brauchte.

Sie war lange vor ihm da und betrachtete aufgeregt jeden hereinkommenden Gast. Der eine oder andere anerkennende Blick streichelte ihre Seele. Sie war wieder wer, nicht das alternde, kleine graue Mäuschen, für das sie sich selbst lange Zeit gehalten hatte.

Er kam, suchte prüfend alle Tische ab und – erkannte sie nicht. Erst nachdem er alle Tische abgesucht, unsicher auf seine Armbanduhr geschaut hatte und zum zweiten Mal den Blick suchend in die Runde warf, verweilten seine Augen einen Moment auf ihr. Irritiert kam er langsam auf ihren Tisch zu.

Er sah sie an wie eine Fremde. Sein Gesicht drückte alles gleichzeitig aus, Freude sie wiederzusehen, Irritation über ihr neues Aussehen, Verlegenheit und Skepsis.

„Was hast du gemacht?", kam es fast flüsternd über seine Lippen. „Ich erkenne dich kaum wieder."

„Ich habe mir selbst etwas Gutes angetan."

„Aber wir wollten doch gemeinsam alt werden. Wie stehe ich denn nun da?" Seine rechte Hand fuhr automatisch über die inzwischen schütter gewordenen Haare, die linke strich verlegen über seinen deutlichen Bauchansatz.

Er setzte sich und betrachtete sie eingehend. „Du siehst großartig aus. Aber ich muss mich erst daran gewöhnen. Lass mir etwas Zeit, ja?"

Er würde sich daran gewöhnen, dessen war sie sich sicher. Lange genug hatte er unter ihren Stimmungsschwankungen gelitten, sie getröstet, dass der erste Lack nun ab war und dass er jedes Gramm und jede Falte an ihr liebte.

Zu ihrem fünfzigsten Geburtstag gab sie ein großes Gartenfest und sie war der absolute Mittelpunkt. Ihre Freunde und Bekannten beglückwünschten sie zu ihrem Entschluss. Es blieb ihr doch nicht verborgen, wie einige hinter ihrem Rücken tuschelten und den Kopf schüttelten, andere ihren Mut bewunderten und wieder andere einfach nur neidisch an sich selbst heruntersahen.

Diejenigen, deren Reaktionen ehrlich und herzlich gemeint waren, blieben ihre Freunde. Alle anderen strich sie danach gnadenlos aus ihrem Adressbuch.

Morgenmuffel und Frühaufsteher

Das Handy auf meinem Nachttisch klingelt unerbittlich. ‚Wer wagt es, mich mitten in der Nacht anzurufen??' Mühsam fummele ich mein Ohropax aus beiden Ohren, richte mich auf und taste nach dem Handy. „Hallo?" Meine Stimme ist dünn und krächzend, als hätte ich die ganze Nacht durchgesumpft.

„Willst du nicht endlich mal aufstehen? Es ist neun Uhr und ich habe frische Brötchen geholt."

„Nein, will ich nicht, es ist Sonntag!!!"

Fröhlich, mit fetziger Morgenmusik im Hintergrund, meldet sich mein Göttergatte von unten aus der Küche. Wahrscheinlich hat er mehrmals von unten nach oben gerufen und meine Ohrstöpsel haben keinen Laut durchgelassen.

„Na, gut, ich bin dann im Garten." Ich höre zwar den Frust in seiner Stimme, aber das ist mir egal. Ich kuschele mich wieder in mein warmes Bett, suche mir eine bequeme Stellung und verfalle sofort in eine neue Tiefschlafphase.

Wie oft haben wir das schon diskutiert, dass ich am Sonntag ausschlafen möchte.

Die Weisheit, dass das Schlafbedürfnis weniger wird, je älter man wird, trifft auf mich nicht zu. Das Bedürfnis meines Schönheitsschlafes kennt am Wochenende keine Grenzen. Wenn die Sonne ins Schlafzimmer scheint (und das ist im Sommer oft sehr früh), hält meinen Mann nichts mehr im Bett.

In der Woche ist unser unterschiedliches Temperament leichter zu handeln. Die drei Wecker klingeln unerbittlich, um halb sechs der erste und dann die beiden anderen jeweils fünf Minuten später. Aber mit den Schlummertasten kann ich immer noch ein paar Minuten rausschinden. Das Aufstehen kommt einem Gewaltakt nahe.

Während mein Mann bereits beste Laune ausstrahlt, oft auch noch mit einem fröhlichen Pfeifen zum Radiohit oder schon mit der Morgenzeitung beschäftigt ist, taumele ich eine ganze Weile durch die Gegend, bis sich mein Rheuma in den Augen wie der Frühnebel langsam auflöst. Bis dahin bin ich nicht ansprechbar, ausgesprochen mundfaul und erwecke den Eindruck, schwerste Gleichgewichtsstörungen zu haben.

Die Frühnachrichten erreichen mich nur in Bruchstücken. Erst beim Wetterbericht schlägt mir mein langsam erwachendes Gehirn vor, was ich anziehen könnte.

Wenn aber der Zeiger der Uhr an eine bedrohliche Stelle gelangt ist, klingeln die inneren Alarmglocken. Ich bin fast wach, die Dusche tut ihr Übriges und dann kann ich nur hoffen, dass jetzt jeder notwendige Handgriff sitzt, denn um pünktlich zur Arbeit zu kommen, darf nichts mehr dazwischen kommen.

Bisher hat es immer geklappt. Zugegeben, einmal musste ich auf einem Parkplatz anhalten, da ich vergessen hatte, mir die Augen zu schminken. Zum Glück hatte ich genauer in den Rückspiegel geblickt!

Predigten, immer zehn Minuten mehr einzuplanen, denn das Auto könne nicht anspringen ..., ein Stau könnte mich unterwegs aufhalten ... und ...und ...und... hat mein Göttergatte sich längst abgewöhnt.

Alle Jahre wieder

Schwungvoll wollte sie die schweren Vorhänge vor den Schlafzimmerfenstern aufziehen, um die leuchtende Herbstsonne hereinzulassen, als sie aus dem Bett ein klägliches „Bitte nicht, das blendet" hörte. Sie sah nur einen zerzausten Lockenkopf, das Gesicht verbarg sich stöhnend unter der Bettdecke.

„Guten Morgen. Du Armer, du lässt mal wieder gar nichts aus", antwortete sie mit leiser Stimme. „Ich dachte, es ginge dir heute besser."

„Nein, es geht mir schlechter", kam ein dumpfes Krächzen zurück. „Ich bin krank, richtig krank."

„Soll ich den Arzt anrufen?"

„Meinst du?" kam es zögernd unter der Bettdecke hervor. „Ich habe eine furchtbare Grippe und dazu eine entsetzliche Migräne. Lass mich einfach in Ruhe."

„Wenn du morgen nicht wieder gesund bist, brauchst du eine Krankschreibung oder du musst morgen selbst zum Arzt gehen."

„Das schaff' ich nicht, dazu bin ich zu krank. Glaubst du, Doktor Petersen kommt wegen einer Grippe hierher?"

„Klar, über Mittag macht er immer Hausbesuche. Außerdem solltest du dir die Lunge mal abhorchen lassen. Deine Bronchien pfeifen nachts ganze Lieder. Nicht, dass du noch eine Lungenentzündung bekommst und ins Krankenhaus musst."

Ruckartig setzte er sich auf, schlug die Bettdecke zurück

und fasste sich mit einer Hand an den schmerzenden Kopf, mit der anderen deckte er seine Augen zu.

„Niemals! Wenn man erst im Krankenhaus ist, kommt man nicht lebend wieder raus." Sie musste sich das Lachen verkneifen und setzte sich zu ihm auf die Bettkante.

„Komm mir nicht zu nah, oder willst du dich anstecken?"

„Wenn du dich nicht gegen alles sträuben würdest, ginge es sicher schon viel besser". Was von alleine kommt, geht auch alleine weg, war stets seine Devise.

Er war ein regelrechtes Ekelpaket, wenn er mal krank war. Er zog sich in sein Bett zurück, warf die Decke über den Kopf und schlief, soviel er konnte. Alles, was sie zur Linderung seiner Beschwerden in ihrer Hausapotheke hatte, lehnte er rundweg ab. Der Hustentee schmeckte wie Gift und Galle, ätherische Öle und Cremes stanken und überhaupt, das Geschmiere am Körper konnte er gar nicht leiden. Paracetamol gegen Fieber konnte er schon gar nicht schlucken, da die Tablette sich schon im Hals auflöste und sofort einen Brechreiz verursachte. Nur mit allergrößter Mühe war er zu einer Kopfschmerztablette zu bewegen, wenn er Migräne bekam. Die musste dann aber bis in alle Einzelteile aufgelöst werden und mit viel Wasser und einer Grimasse schluckte er das milchige Gebräu.

Es hatte ihn erwischt. Er hustete und schniefte, seine Stimmbänder waren angeschlagen und er hatte Fieber, eine ganz normale Grippe und nicht weiter schlimm. Das Schlimme war nur seine Leidensmiene, sein Gestöhne und die Verweigerung all dessen, was die Symptome lindern und die Genesung beschleunigen könnte. Ihr sonst so starker Göttergatte hatte sich wieder einmal zu einem fast sterbenden, leidenden Weichei verwandelt, mit der Sturheit eines Hornochsen und einem jämmerlichen Gesichtsausdruck.

„Soll ich hier bleiben? Ich könnte heute Überstunden abbummeln."

„Von wegen, ich will meine Ruhe haben und niemanden sehen."

„Mach dir aber bitte was zu essen."

„Ich habe aber keinen Hunger. Und wenn ich etwas abnehme, macht das nichts. Ich habe sowieso Übergewicht. Außerdem kann ich nicht aufstehen, ich bin zu schwach. Nun geh bitte und mach dir einen schönen Tag, stell das Telefon und die Klingel ab, damit mich niemand stört. Ich bin schließlich krank. Und den Doktor brauchst du auch nicht anzurufen. Wer weiß, was der noch an Bazillen hierher schleppt."

Es war immer dasselbe. Sie kannte das seit Jahren. Die Frage, ob sie zu Hause bleiben sollte, war lediglich eine rhetorische. Sie wusste, dass er nein sagen würde, aber sie musste ihm das Gefühl geben, mit ihm zu leiden.

Sie würde nach der Arbeit mit ihrer Freundin ins Kino und danach Essen gehen und erst spät heimkommen. Und sie wusste schon jetzt, was sie erwarten würde. Die üblichen Vorwürfe, warum sie so spät käme, ihn so lange allein gelassen habe, er sei ja schließlich krank, halb verhungert und hätte sterben können.

Man sagt, eine Grippe kommt drei Tage, bleibt drei Tage und geht drei Tage. Sie waren erst am vierten Tag angekommen. Noch fünf Tage, dann hatte sie die berechtigte

Hoffnung, dass er sich wieder in ein normales erwachsenes Wesen zurückverwandeln würde.

Vor sich hinsummend ging sie ins Gästezimmer, das für neun Tage ihr eigenes kleines Reich war, ohne Schnarchen und Ohropax, Stöhnen und Schniefen, öffnete das Fenster und sog die kühle Morgenluft ein. Sie freute sich auf einen unbeschwerten Abend.

Bolero

Sie schloss die Wohnungstür auf und erstarrte. Aus dem Wohnzimmer erklang Ravels ‚Bolero'.

Ihr Herz schien für einen Moment auszusetzen, um dann mit der dreifachen Geschwindigkeit loszuschlagen. Schweißperlen zogen wie ein feiner Film über ihr Gesicht, sammelten sich und rannen in winzigen Rinnsalen den Hals hinab. Für einen kurzen Moment blickte sie hinter sich in das noch erleuchtete Treppenhaus, dann nach vorn in den dunklen Flur. Noch war es Zeit, die Tür leise wieder zu schließen und die Treppe hinab auf die Straße zu laufen. Und dann? Auf der Straße konnte sie nicht übernachten. Wo sollte sie hin?

Erst gestern war sie in die neue Wohnung eingezogen. Sie hatte nach langen inneren Kämpfen den Mut gefunden, ihr altes Leben in der Stadt am anderen Ende von Deutschland aufzugeben, alle Brücken abzubrechen und ganz neu anzufangen. Und nun kam sie nach einem langen Nachmittag, den sie in diversen Amtsstuben verbracht hatte, in ihre eigenen vier Wände und musste feststellen, dass sie nicht alleine war.

Sie musste der Sache auf den Grund gehen. Wer wagte es, in ihr kleines Reich einzudringen, ihre ureigene Intimsphäre zu stören und ihre kleine Welt sofort wieder auf den Kopf zu stellen?

So leise sie konnte, schloss sie die Eingangstür, legte ihre Tasche neben sich auf einen Umzugskarton, fingerte das Pfefferspray aus dem vorderen Taschenfach und zog die

Schuhe aus. Auf Socken pirschte sie sich durch den Flur bis zum Rahmen der Badezimmertür und lauschte. Aus dem Wohnzimmer erklang nichts als der bedrohliche ‚Bolero‘, kein weiterer Laut war zu hören.

Schräg gegenüber vom Badezimmer lag die Küche. Die Küchentür stand offen. Wenn sie es schaffte, in die Küche zu gelangen, konnte sie einen direkten Blick ins Wohnzimmer werfen.

Bevor sie den entscheidenden Schritt über den Flur zur Küche wagte, wischte sie sich den Schweiß mit dem Ärmel ihres Sweatshirts aus dem Gesicht. Leise wie eine Katze setzte sie zum Sprung in die Küche an.

Ihre Augen gewöhnten sich langsam an die Dunkelheit. Hinter zwei übereinander gestapelten Kartons versteckte sie sich. Fieberhaft überlegte sie, wie die Umzugsleute die Möbel hingestellt hatten und wo die Kartons aufgestapelt waren. Ihr Blick fiel auf die Balkontür und das große Wohnzimmerfenster. Aber es fiel kaum Licht ins Wohnzimmer. Der Himmel war voller Wolken und die Fenster auf der gegenüberliegenden Straßenseite waren, bis auf zwei Ausnahmen, dunkel.

Vor dem Fenster erkannte sie die Silhouette der Ledercouch, rechts davon stand ein einzelner Sessel. Dort konnte sie niemanden erkennen. Der Fremde musste sich auf der Seite aufhalten, zu der ihr die Sicht verwehrt war. Von dort kam auch die Musik. Sie hörte für einen kurzen Moment auf, um dann erbarmungslos von Neuem zu beginnen.

Sie wusste zwar, dass ihre Anlage in einem Fach des wuchtigen Wohnzimmerschrankes stand, aber ebenso genau war sie sich bewusst, dass sie die Anlage noch nicht angeschlossen hatte.

Sie war am gestrigen Abend so erschöpft gewesen, dass sie lediglich ihr Bett bezogen und einen Wecker auf den Nachttisch gestellt hatte. Waschzeug, Kosmetikartikel und frische Kleidung hatte sie in einer Reisetasche für den ersten Tag bereit gelegt. Alles andere konnte bis morgen warten.

Die Angst schnürte ihr die Kehle zu. Sie fühlte sich wie ein Tiger im Käfig, unfähig einen Schritt vor oder zurück zu machen. Das Pfefferspray in ihrer Hand kam ihr vor wie ein Witzartikel aus einem Kaugummiautomaten. Was konnte sie damit schon ausrichten?

Ein Profi würde darüber nur mitleidig lächeln.

Die Situation war nicht einschätzbar. Ein Einbrecher konnte bei ihr nichts holen. Dazu hätte er schon ihre Umzugskartons auspacken müssen. Und alles Wichtige hatte sie bei sich in ihrer Handtasche gehabt.

Ihr Mann? Wollte er ihr einen Denkzettel verpassen, nachdem sie den Umzug heimlich organisiert, sein Konto geplündert und seine dreitägige Geschäftsreise zum Auszug genutzt hatte? So schnell konnte er sie nicht ausfindig gemacht haben. Er würde erst einmal in einen Schockzustand verfallen, wenn er erkannte, dass sie ihn in ihrem gemeinsamen Haus nur mit dem Nötigsten zurückgelassen hatte.

Der Unbekannte musste im Wohnzimmer sein und sie würde warten. Ihm direkt in die Arme zu laufen, wäre zu gefährlich, darauf schien er zu warten. Sie blieb, wo sie war, bereit alles zu tun, um ihr Revier bis aufs Messer zu verteidigen. Messer? Fieberhaft überlegte sie, wo sie ihre großen Küchenmesser hingepackt hatte, verwarf aber den Gedanken sogleich wieder.

Der Bolero war wieder einmal zu Ende und – das durfte doch nicht wahr sein – fing sogleich wieder von vorne an. Außer der Musik war nichts aus dem Wohnzimmer zu hören.

Die Zeit kam ihr vor wie die Ewigkeit. Es gab nichts an ihrem Körper, was nicht schmerzte. Sie war diese ungewohnte Stellung in der Hocke nicht gewöhnt. Die Oberschenkel waren eingeschlafen und der Druck auf die Blase wurde unerträglich. Tränen der Verzweiflung traten ihr in die Augen. Wie konnte sie nur so töricht sein, in die Wohnung zu gehen, anstatt sofort zur nächsten Polizeiwache zu laufen? Nun war sie gefangen.

Hinter sich hörte sie ein Geräusch, ein kurzes, kaum wahrnehmbares Klirren. Das Blut gefror ihr in den Adern, als sie von hinten etwas Metallenes um ihren Hals spürte. Je mehr ihr Hals zugedrückt wurde, desto deutlicher quollen ihr die Augen aus den Höhlen. Sie zappelte mit Armen und Beinen, versuchte mit den Händen nach der Kette um ihren Hals zu greifen. Sie versuchte zu atmen, aber ihre Luftröhre war zugeschnürt. Ein Schlag auf den Hinterkopf raubte ihr das letzte bisschen Bewusstsein. Ein gleißendes Licht blitzte für einen kurzen Moment auf, dann versank alles um sie herum in ein tiefes Schwarz.

Sie griff sich an den Hals, sog die Luft scharf ein und riss die Augen auf. Ihr Körper war in Schweiß getränkt, ihr Mund war pelzig und völlig ausgetrocknet. Sie fingerte in der Dunkelheit auf dem Nachttisch nach der Flasche Mineralwasser.

Würden diese Albträume denn nie aufhören?

Abnabelung

Ihr Blick fiel auf den Kalender, der aufgeschlagen vor ihr auf dem Schreibtisch lag. Unter dem Datum des nächsten Tages war ein dickes rotes Kreuz.

Was war aus der hübschen, selbstbewussten Frau geworden? Sie konnte dieses Datum nicht länger ignorieren. Morgen würden sie Bilanz ziehen und es gab nur ein entweder – oder.

Sie schaute zum Fenster hinaus. Ein heftiger Oktoberwind fegte unerbittlich die letzten gelben, roten und dunkelbraunen Blätter von den Bäumen, und als wollten sie sich mit letzter Kraft gegen ihr Schicksal wehren, flatterten sie aufgeregt durch die Luft, um dann resigniert auf den feuchten Asphalt zu fallen.

Ihre Gedanken wanderten drei Monate zurück.

Sie spürte noch die Wärme des lauen Sommerabends, als sei es erst gestern gewesen.

Stefan hatte ihr am Ende dieses Abends, an dem sie wieder unerbittlich gestritten hatten, an den Kopf geknallt, dass er ausziehen würde. Er brauche Abstand, er müsse zu sich selber finden und mit sich ins Reine kommen, ob er diese Beziehung noch wolle oder nicht.

Sie hatte keine Chance ihre Sicht der Dinge zu erklären. Er ging ins Schlafzimmer, packte einen Koffer und eine Reisetasche und verabschiedete sich mit den Worten: „Bitte, lass mich in Ruhe. Lass uns ein Date ausmachen. Was hältst du vom einunddreißigsten Oktober um neunzehn Uhr in dem Restaurant, in dem alles angefangen hat?"

Aus feuchten Augen blickte sie ihn an und nickte nur. Dann nahm sie einen roten Stift und markierte dieses Datum in ihrem Kalender.

Nachdem die Tür ins Schloss gefallen war, begann sie hemmungslos zu weinen und betäubte sich mit einer Flasche schweren Rotweins.

Am nächsten Morgen meldete sie sich krank, am übernächsten Tag auch, und als die Tränenspuren aus ihrem Gesicht verschwunden und der Rest geschickt überschminkt war, ging sie wieder arbeiten. Nichts war mehr so, wie es einmal war. Ohne Stefan fühlte sie sich wie amputiert, nur minder lebensfähig. Innerhalb einer Woche nahm sie drei Kilo ab, sah blass und gespenstig aus, und als sie eines Morgens kritisch in den Spiegel blickte, glaubte sie nicht mehr daran, dass es ihr Gesicht war, das ihr entgegenblickte.

„Jetzt reicht es!", warf sie ihrem Spiegelbild zornig entgegen. „Kein Mann ist es wert, dass man seinetwegen vor die Hunde geht."

Nach einem langen heißen Bad durchsuchte sie ihren Kleiderschrank so lange, bis sie das gefunden hatte, was sie suchte. Ein Paar Joggingschuhe und einen Jogginganzug.

Schon nach wenigen Metern kam sie aus der Puste. Kein Wunder, wie lange hatte sie nichts mehr für ihre Kondition getan?

Erschöpft, aber mit einem klaren Kopf kam sie nach Hause, frühstückte nach dem Duschen das erste Mal nach Stefans Auszug ausgiebig und fühlte eine neu erwachende Energie in sich.

Sie hatte jeden Abend einen Brief an Stefan geschrieben,

sich in jedem dieser Briefe die Schuld am momentanen Zustand ihrer Beziehung gegeben und sich ganz klein gemacht. Da sie nicht wusste, wo Stefan war, konnte sie ihm die Briefe auch nicht schicken.

Kurzerhand zerriss sie jeden Brief in klitzekleine Schnipsel und warf sie in den Papierkorb.

Mit jedem Tag ging es ihr besser. Das Leben ohne Stefan hatte durchaus seine positiven Seiten. Sie konnte kommen und gehen, wann sie wollte, ohne umständliche Erklärungen. Sie konnte tun und lassen, wonach ihr der Sinn stand. Keine Kompromisse mehr, kein Streit darum, wer wofür zuständig ist, keine Diskussionen mehr um das Fernsehprogramm.

Viele hatten sie damals vor einer Beziehung mit Stefan gewarnt. Wer Stefan und sie länger kannte und wusste, wie grundverschieden beide waren, konnte nur von dieser Beziehung abraten. Aber, wer lässt sich schon gern die rosarote Brille abnehmen?

Sie waren verliebt, sie turtelten, so oft und so innig sie konnten und als Stefan eines Tages mit einem Koffer und einer Reisetasche vor ihrer Wohnungstür stand, hatte sie das Gefühl, den begehrtesten Junggesellen der Stadt wie einen Sechser im Lotto gewonnen zu haben.

Es war das verflixte vierte Jahr, in dem alles schief lief. Die Schmetterlinge im Bauch waren verflogen, der Alltag verlief in routinierten Bahnen und nichts mehr in ihrer Beziehung knisterte. Nach und nach bekamen sie sich wegen Kleinigkeiten in die Haare und Stefan entzog sich ihr immer mehr. Sie tat alles, um ihn zu halten. Dabei merkte sie nicht, dass sie sich nur noch auf den Partner konzentrierte und ihr Licht systematisch immer mehr unter den Scheffel stellte.

Je mehr Abstand sie von ihm bekam, desto mehr wurde sie sie selbst und nahm sich wieder wahr. Sie ließ sich die langen Haare kurz schneiden, ging einmal pro Woche zur Kosmetik und betrieb diszipliniert mehrere Stunden Ausgleichssport in der Woche. Ihr Körper hatte eine straffe Form bekommen und mit ihrem Gewicht war sie auch wieder zufrieden.

Morgen war es nun soweit. Prüfend betrachtete sie die zwei mittelgroßen Kartons, in denen sie Stefans persönliche Sachen verstaut hatte. Es würde eine reine Formsache werden und kein entweder – oder. Sie hatte sich entschieden, in dem Moment, in dem sie seine persönlichen Habseligkeiten zusammengesucht hatte. Sie hatte sich die Worte genau überlegt und eingeprägt: „Tausche deine restlichen Dinge gegen meinen Wohnungsschlüssel." Und dann würde sie lächelnd und aufrechten Ganges das Restaurant verlassen und ein weiteres Kapitel in ihrem Leben abgeschlossen haben.

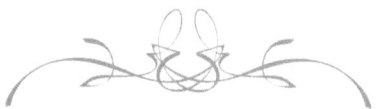

Dispo

Dein Konto ist überzogen, dein Dispo ausgeschöpft.

Wie oft hast du versprochen, deine Schulden zurückzuzahlen?

Ich kann es nicht mehr hören.

Wovon auch?

Wir leben wie Bruder und Schwester zusammen. Unser Alltag ist gut organisiert.

Ich kann mich auf dich verlassen, insofern, dass unser Leben alltagstauglich ist.

Die Kinder haben noch nichts bemerkt.

Darüber hinaus?

Du gehst deinen Weg, ich meinen. Viel zu lange schon.

Unsere Gespräche bewegen sich nur noch an der Oberfläche, sofern sie das Organisatorische betreffen.

Ich werde mit den Kindern sprechen. Sie sind alt genug, um das zu verstehen.

Und du?

Du mußt dir eine neue Bank suchen.

Bei mir bist du nicht mehr kreditwürdig.

Wenn die Seele baumelt

Das Rauschen des Meeres nahm all ihre Sinne gefangen. Sie sah sich am feinsandigen Strand liegen, den Blick auf die Unendlichkeit des Meeres gerichtet. Das Geräusch der herantosenden Wellen wurde hin und wieder durch das aufgeregte Schreien der Möwen unterbrochen, die keck ihre Runden über ihr drehten.

Sie verlor jegliches Gefühl für Zeit und Raum. Selbst ihren Körper spürte sie kaum noch. Eine unendliche Leichtigkeit hatte sie ergriffen und das Gefühl, Seele und Körper in Einklang gebracht zu haben. Reglos verharrte sie dort, spürte die Atemwelle kommen und gehen.

Die Salzkristalle auf ihrer Haut hatten sich nahezu aufgelöst und der Schweiß rann ihr in kleinen Rinnsalen über den Körper, der sich trotz der Hitze angenehm kühl anfühlte. In dieser Haltung hätte sie verharren können, ein Hauch von Ewigkeit hatte sich auf ihre Seele gelegt.

Die Musik auf der CD wechselte vom Meeresrauschen zu sanfter Klaviermusik. Benommen öffnete sie die Augen und blinzelte im diffusen Licht der Kabine auf die Uhr an der Wand. Fünfzehn Minuten waren vergangen. Sie atmete tief durch, streckte die Arme nach hinten und setzte sich hin. Es wurde Zeit, unter die kalte Dusche und danach ins Tauchbecken zu gehen. Und nach einer ausgedehnten Ruhephase würde sie sich dem nächsten Saunagang widmen und eine neue Zeitreise in die Entspannung wagen.

Austritt

Still saß sie auf ihrem Bett und ließ den Blick noch einmal durch das Zimmer gleiten. Das war ihr kleines Reich gewesen, zwölf Jahre lang, schlicht und einfach. Für sie hatte es mehr bedeutet. Hier konnte sie sie selbst sein, ihren Gedanken und Gefühlen freien Lauf lassen, hier konnte sie träumen, wenn ihr danach war und hier konnte sie weinen, wenn ihr danach zumute war. In ihrem kleinen Reich konnte sie die Maske fallenlassen und nur sie selbst sein.

Ihr Koffer war gepackt, ihre wenigen privaten Habseligkeiten verstaut.

Früh am nächsten Morgen würde sie aufbrechen, still und leise, in eine ungewisse Zukunft.

Obwohl sie sich freiwillig, nach langen inneren Kämpfen und vielen schlaflosen Nächten, zu diesem Schritt entschlossen und alle Steine, die sich ihr in den Weg gelegt hatten, beiseite geräumt hatte, kroch eine unbestimmte Angst in ihr hoch. War es der richtige Weg?

Sie hatte sich vor dem Augenblick des Abschiedes gefürchtet. Noch vor wenigen Stunden hatte sie unzählige Hände geschüttelt, die eine oder andere in den Arm genommen, dabei immer wieder verstohlen die nicht versiegen wollenden Tränen abgewischt. Aber sie hatte auch in Gesichter geblickt, die keinerlei Regungen zeigten, in denen sie sogar Gedanken wie ‚Verräterin‘ oder ‚Du wirst schon sehen, was du davon hast‘ zu lesen glaubte.

Ihr Blick fiel auf ihren kleinen Koffer, der aufgeklappt neben dem Waschbecken stand. Mit diesem Koffer war sie vor zwölf Jahren hierher gekommen. Das Kleid, das sie vor zwölf Jahren getragen hatte, würde sie auch morgen wieder tragen. Es war ihr ein wenig zu weit, aber mit dem dünnen Mantel darüber würde das nicht auffallen.

Als sie vor zwölf Jahren hierher kam, war sie einundzwanzig und hatte ihre Ausbildung als Krankenschwester gerade beendet. Sie war jung, voller Optimismus und Idealismus. Sie hatte ihren Weg gefunden, glaubte sie damals. Mit ihr zusammen kamen fünf andere Frauen ins Postulat. Sie halfen sich gegenseitig und gingen gemeinsam durch alle Höhen und Tiefen, die dieses neue, völlig andere Leben mit sich brachte. Ein frischer Wind zog mit ihnen durch die alten Mauern.

Im Noviziat wurden sie getrennt. Die erste ging wieder, denn dieses Leben erdrückte sie. Zwei andere wurden in andere Häuser geschickt. Zu dritt blieben sie zurück, ein verschworenes, zeitweise etwas aufmüpfiges Grüppchen, das die eine oder andere Belehrung und Zurechtweisung einstecken musste. Als eine von ihnen plötzlich mitten aus dem Leben gerissen wurde, waren sie nur noch zu zweit, unzertrennlich, bis heute.

Nach ihren ersten Gelübden übernahm sie die Krankenabteilung und war für die Pflege und Sterbebegleitung der älteren Mitschwestern verantwortlich. Sie war während ihrer Ausbildung oft mit dem Tod konfrontiert worden, aber hier war es jedes Mal, als stürbe jemand aus ihrer Familie. Je länger und besser sie ihre Familie kennenlernte, desto schwerer fiel es ihr jedes Mal, loszulassen. Sie erreichte ihre Grenzen, physisch und psychisch.

Sie war mit ihrem Leben zufrieden gewesen, bis vor einem Jahr. Sie hatte in ihrem Leben Sicherheit, eine Arbeit, die sie voll in Anspruch nahm und die sie liebte und ihre Mitschwestern. Zwei Wochen lang durfte sie im letzten Sommer zu ihrer Schwester Charlotte in den Schwarzwald fahren, um sich zu erholen. Das Leben in der Familie mit zwei lebhaften kleinen Kindern stellte alles auf den Kopf, was ihr bisheriges Leben ausgemacht hatte. Wie eine kleine zarte Pflanze wuchs in ihr der Wunsch nach einer eigenen kleinen Familie, die Sehnsucht nach einem Partner und Kindern.

Nachdem sie ins Kloster zurückgekehrt war, war nichts mehr in ihrem Leben, wie es vorher gewesen war. Die Gelübde der Armut, der Ehelosigkeit und des Gehorsams, zu denen sie sich verpflichtet hatte, lagen ihr wie eine Zentnerlast auf der Seele. Sie hatte alles, was sie brauchte, so dass das Gelübde der Armut kein Problem für sie war. Sie lebte ehelos, wenn auch nicht immer keusch. Aber das Gelübde des Gehorsams, fiel ihr immer schwerer.

Sie konnte nicht alles gutheißen, was tagtäglich von ihnen abverlangt wurde. Ihre Einwände und Verbesserungsvorschläge wurden zwar registriert, aber nichts davon umgesetzt. So starr wie die Klostermauern war auch die Haltung der Mutter Oberin.

Irgendwann gab sie den inneren Kampf auf und ersuchte die Mutter Oberin um ein Gespräch.

Tief in ihrem Inneren wusste sie zu diesem Zeitpunkt, dass sie nicht bleiben konnte, wenn sie auch keinerlei Vorstellung von ihrer Zukunft hatte. Sie wollte ihr Leben selbst in die Hand nehmen und selbst entscheiden, was für sie gut war. Die Mutter Oberin tat alles, um sie zu halten, gab ihr jegliche Freiheit und Bedenkzeit. Aber es war umsonst.

Da sie bereits die ewigen Gelübde abgelegt hatte, musste ihr Austritt von Rom bewilligt werden und das dauerte. Außer der Mutter Oberin wusste niemand etwas von ihrem Entschluss, und als der Bescheid endlich da war, ging alles ganz schnell.

Am Morgen dieses Tages erfuhren die Mitschwestern, dass sie gehen würde. Trauer, Bestürzung und Verständnislosigkeit schlugen ihr geballt entgegen.

Sie versah zum letzten Mal ihren Dienst in der Krankenabteilung, nahm zum letzten Mal an den gemeinsamen Gebeten und den Mahlzeiten im Refektorium teil und zog sich, nachdem sie sich verabschiedet hatte, in ihr Zimmer zurück.

Ihre letzten Blicke fielen auf ihr Ordenskleid, das sie sorgfältig auf einen Kleiderbügel gehängt hatte und den Schleier, der zusammengefaltet auf dem kleinen Tisch lag. Sie legte ihren Ring und das Kreuz, das sie an einer Kette trug, dazu.

In wenigen Stunden würde sie die Klosterpforte durchschreiten und als normaler Mensch in ein normales Leben hinausgehen, nach dem sie einen unbändigen Hunger verspürte.

Viel zu früh

Als Kollegen habe ich dich sehr geschätzt, wir waren ein super gutes Team. Dass du schwul bist, war kein Problem für mich.

Als deine neue Liebe es hier nicht länger ausgehalten hat und in seine alte Heimat zurückgegangen ist, konnte dich nichts mehr richtig erfreuen. Die Sehnsucht hat an dir genagt.

An dem Tag, an wir dich verabschiedet haben, liefen bei vielen Kollegen die Tränen. Wir haben dich vermisst und auch die Kinder haben oft gefragt, wann du wieder kommst.

Wir haben uns geschrieben und oft miteinander telefoniert. Du hast in München Fuß gefaßt, deine neue Arbeit hat dich erfüllt und dein Liebesleben war in bester Ordnung. Ich habe mich für dich gefreut.

Als ich euch besucht habe und wir gemeinsam zum Christopher Street Day gegangen sind, hatten wir Spaß ohne Ende. Erinnerst du dich an die Kondome, die wir aufgeblasen und am riesigen Sonnenschirm befestigt hatten, weil ihr keine Luftballons hattet?

Dann die Diagnose. Er hatte sich in ganz jungen Jahren angesteckt, wer weiß wo? Damals hatte noch keiner über AIDS und Safer Sex gesprochen.

Er musste nicht lange leiden. Du hast ihm die letzten Monate so schön wie möglich gemacht und versucht, das Leben mit ihm zu genießen. Deine verzweifelten Tränen hast du meist vor ihm verbergen können.

Als es vorbei war, hatten wir gehofft, du kämest zurück. Wir hätten dich gerne wieder in unserem Team gehabt.

Aber du bist da geblieben.

Ich habe lange nichts von dir gehört. Damals warst du sicher, dass du dich nicht angesteckt hättest, das haben die Untersuchungen ergeben.

Pass weiter gut auf dich auf! Das hast du mir versprochen.

Vergangenheit

Mit einem Satz sprang er zu ihr ins Bett, kuschelte sich unter ihre warme Bettdecke und fragte, ungeachtet der nachtschlafenden Zeit:

„Mama, warum habe ich keinen Papa?" Sie war mit einem Schlag hellwach. Der Wecker zeigte sieben Minuten vor fünf, und das an einem Sonntagmorgen, an dem eine allein erziehende Mutter sich nichts sehnlicher wünscht, als auszuschlafen.

„Wie kommst du denn jetzt darauf?", murmelte sie mit einem lapidaren Unterton in der Stimme und deckte ihren knapp fünfjährigen Sprössling sorgfältig zu. Mit dieser Frage hatte sie schon lange gerechnet, aber eine plausible Antwort, die ein wissbegieriger Junge ihr mitten in der Nacht stellte, hatte sie nicht, noch nicht.

„Alle Kinder in meiner Gruppe haben einen Vater, nur ich nicht", lautete die resignierte Antwort.

„Natürlich hast du auch einen Vater. Jeder Mensch hat einen Vater."

„Aber meiner kümmert sich nicht um mich. Er kommt nie und ich kenne ihn nicht."

„Nein, Florian, das stimmt nicht. Du weißt doch, dass er am anderen Ende der Welt lebt. Er schickt dir zu jedem Geburtstag einen Brief und ein Päckchen."

„Ja, schon", überlegte Tobias, „trotzdem kenn ich ihn nicht wirklich."

„Irgendwann wirst du ihn kennenlernen. Und nun schlaf noch, es ist mitten in der Nacht."

Tobias schlief wieder ein.

Aber zum Frühstück bohrte er erneut.

Es war zu früh, ihm zu erklären, was mit seinem Vater passiert war. Wie sollte er das auch verstehen? Vielleicht wäre es besser gewesen, sie hätte ihm erzählt, sein Vater sei tot. Aber der erfreute sich bester Gesundheit.

Als Tobias im Garten spielte, rief sie Paula an.

„Tobias hat wieder nach dir gefragt." Stille in der Leitung.

„Und – was hast du ihm gesagt?" erklang Paulas tiefe Stimme.

„Das, was ich ihm immer in der Situation sage, ausweichende, beschwichtigende Notlügen." Wieder Schweigen.

„Du kannst ihm nicht die Wahrheit sagen, er versteht das noch nicht."

‚Ist das mein Problem?', wollte sie ins Telefon schreien, aber sie beherrschte sich und biss sich auf die Unterlippe.

„Soll ich kommen?"

„Nein, davon hat er auch nichts."

„Lea, bitte, wir haben eine Abmachung. Wir sagen es ihm, wenn er alt genug ist, um das zu verstehen."

Lea verabschiedete sich kurz. Wieder hatte sie diesen fürchterlichen Kloß im Hals. Sie griff nach ihren Beruhigungstabletten. Sie konnte es immer noch nicht ertragen. Und sie würde es nie völlig verarbeiten.

Sie war mit Tobias im dritten Monat schwanger, als Paul ihr eröffnete, dass er im falschen Körper lebte. Sie fiel aus allen Wolken, der Boden schien sich unter ihr aufzutun, als Paul ihr erklärte, dass er bereits einen Operationstermin habe und sich zur Frau umoperieren lassen würde.

Nachdem Paul ausgezogen war, verfiel sie in schwerste Depressionen. Nur das Ungeborene hielt sie am Leben. Paul, die Liebe ihres Lebens, verwandelte sich nach und nach zur Frau. Sie brachte alles Verständnis auf, zu dem sie fähig war. Paul, nun Paula, kümmerte sich rührend um sie, besuchte mit ihr die Schwangerschafts-Vorbereitungskurse und erlebte voller Glück, wie sein Sohn geboren wurde.

Für Tobias war Paul Tante Paula, die beste Freundin seiner Mutter. Er freute sich immer, wenn sie kam, und unternahm auch gern etwas mit ihr. Er spürte, dass Tante Paula ihn auf eine ganz besondere Art sehr lieb hatte.

Lea und Paul hatten im Laufe der Jahre eine besondere Freundschaft entwickelt. Sie sahen sich sehr oft, redeten oft stundenlang und verbrachten gemeinsam viel Zeit mit ihrem Sohn.

Als Paul sich in einen Mann verliebte und mit ihm zusammenzog, fiel Lea wieder in ein tiefes Loch und konnte ihr Leben nur noch mit Beruhigungstabletten einigermaßen meistern.

Obwohl Paul sich zu einer bildhübschen Frau mit straffen Brüsten und einer schmalen Taille oberhalb der wohlgeformten langen Beine verwandelt hatte, war er immer ihr Paul geblieben, der Mann, mit dem sie eine Familie gründen und zusammen alt werden wollte. Sie liebte Paul immer noch.

Wie sollten sie Tobias irgendwann einmal erklären, dass Tante Paula früher ein Mann namens Paul und sein Vater war?

Unverhofft

Plötzlich standen sie sich gegenüber, ohne Vorahnung, ohne Vorwarnung.

Er drehte das Sektglas verlegen in seinen Händen und murmelte verlegen:

„Hallo Doro, schön, dich zu sehen."

Sie war so erschrocken, dass sie keinen klaren Gedanken fassen konnte und brachte nur ein „Hallo Ulli" heraus. Die Frage, was er hier mache, verkniff sie sich im letzten Moment.

Was hatte sie alles getan, um diesen Mann aus all ihren Gefühlen und Gedanken zu verbannen. Und nun stand er nach all den Jahren ganz unerwartet vor ihr. Ihre Hände zitterten, ihr ganzer Körper begann zu vibrieren. Der Boden unter ihr begann, zu schwanken.

Plötzlich hatte sie das Gefühl, außerhalb der Szene zu stehen und beobachtete sich wie aus der Ferne. Mit einer Stimme, die nicht ihr zu gehören schien, fragte sie in ganz normalem Tonfall:

„Seit wann bist du wieder in München?"

„Schon seit zwei Jahren", antwortete er unsicher.

‚Mistkerl', wäre es fast über ihre Lippen gekommen. Während sie sich von einer Therapiestunde zur nächsten hangelte, um mit diesem Mann abzuschließen, lebte er bereits wieder in derselben Stadt. Eine unbändige Wut kroch in ihr hoch. Es hat ihn nicht mal interessiert, wie es ihr ging, nachdem er sich per SMS spontan mit einer anderen davongemacht hatte.

„Wie geht es dir?", fragte er zaghaft.

„Bestens, danke."

„Das freut mich."

Hilfesuchend schaute er sich um. Es war ihm anzusehen, dass ihm die Begegnung mit Doro zu schaffen machte. Doro hingegen registrierte nicht ohne eine gewisse Schadenfreude, dass es ihm offenbar nicht gut ging.

Sie hätte ihm unendlich viel zu sagen. All ihre Verletztheit, ihre Enttäuschung und ihr seelischer Schmerz ballten sich zu einem inneren Kloß zusammen, der sich langsam von ihrer Magengrube nach oben bewegte und wie ein Frosch in ihrem Hals steckenblieb.

„Wollen wir nach draußen gehen?" Sein Blick war offen und ehrlich. „Ich glaube, ich bin dir eine Erklärung schuldig."

Sie nickte und folgte ihm in den Garten.

Mittlerweile waren alle Gäste eingetroffen, lachten und schwatzten durcheinander. Christiane, die Gastgeberin, registrierte mit einem zufriedenen Lächeln, dass die zwei sich in den Garten zurückzogen.

Sie setzten sich auf zwei Gartenstühle, in sicherem Abstand voneinander.

„Es tut mir Leid, was ich dir damals zugemutet habe. Ich erwarte nicht, dass du mich verstehst, aber ich möchte es dir wenigstens erklären. Bisher hatte ich nicht den Mut dazu und hätten wir uns heute nicht zufällig hier getroffen, hätte ich den Mut auch sicher nicht gefunden."

Sie überlegte, ob sie sich das alles anhören wollte, das mit der anderen, wegen der er sie verlassen hatte, drei Tage vor der Hochzeit. Noch heute konnte sie das Entsetzen fast körperlich auf der Haut fühlen. Aber sie blieb sitzen, schaute ihn erwartungsvoll an.

„Als ich Tina damals kennenlernte, wusste ich nicht, wie mir geschah. Ich war wie elektrisiert, wie benommen und hatte nichts anderes im Kopf als diese Frau, die ich kennenlernen musste. Ihr ging es ähnlich. Sie hatte hier in München ein Vorstellungsgespräch, sonst hätte ich sie nie getroffen. Zwei Tage später erfuhr sie, dass sie die Stelle nicht bekommen würde. Das war am Tag vor unserer Hochzeit. Ich wusste nicht, was ich machen sollte. Heiraten konnte ich dich nicht, mit einer anderen Frau im Kopf, die all mein Denken und Fühlen beherrschte. Also packte ich meine Sachen und folgte Tina nach Kiel."

Doro sah ihn schweigend an. Wie im Schnelldurchlauf erlebte sie jede Situation von damals wie in einem Albtraum. Sie war nach seiner SMS zusammengebrochen und brauchte Wochen, um wieder halbwegs klar denken zu können. Ulli war die Liebe ihres Lebens gewesen. Nur mit Hilfe einer erfahrenen Therapeutin war es ihr gelungen, all das einigermaßen zu verarbeiten und wieder ein normales Leben zu führen.

„Und nun seid ihr beide wieder in München?" rutschte es ihr schärfer als beabsichtigt heraus.

„Nein. Nach einem halben Jahr war der Rausch vorbei. Ein ganz banales Erlebnis hatte diese für mich so wunderbare Frau vom Sockel gestoßen. Plötzlich sah ich sie, wie sie wirklich war, alltäglich und normal und überhaupt nichts Besonderes. Ich muß blind gewesen sein. Und noch heute bereue ich bitterlich, was ich für sie aufgegeben habe – dich. Es tut mir so wahnsinnig Leid."

Doro wusste nicht, was sie antworten sollte. Was erwartete er? Dass sie ihm um den Hals fiel und ihn voller Freude zurückhaben wollte, weil die andere ihn vielleicht abgelegt hatte wie einen benutzten Waschlappen? Er konnte viel erzählen.

„Ja, ich fand es auch alles andere als erheiternd, drei Tage vor der Hochzeit per SMS durch eine andere ausgetauscht zu werden und jahrelang nichts von dir zu hören. Und nun tauchst du einfach auf, sagst, es tut dir Leid und nun gehen wir zur Tagesordnung über und bestellen morgen womöglich ein neues Aufgebot?"

Doro war innerlich so erregt, dass sie aufsprang.

„Aber nein, so meinte ich das nicht. Ich kann nach all dem nicht erwarten, dass du mir verzeihst. Aber ich würde dich gerne wiedersehen. Meinst du, du könntest dich darauf einlassen? Alles Weitere findet sich von alleine."

Sie blickte zur Terrassentür und ihr Gesicht erhellte sich.

„Komm lass uns wieder reingehen, ich stelle dir gerne meinen Mann vor. Er ist gerade gekommen."

Kein Ausweg

Er konnte sich nicht erinnern, wann er das letzte Mal ... Nein, wirklich nicht, sein Gedächtnis ließ ihn jämmerlich im Stich.

Wann hatte er sich zum letzten Mal so niedergeschlagen, so hilflos gefühlt?

Noch immer war er unfähig, sich auch nur einen Millimeter zu bewegen. Sein Blick glitt wieder nach oben. Der klare, blaue Himmel passte nicht zu dem grauenhaften Szenario, dessen Zeuge er eben unfreiwillig geworden war. Obwohl das Thermometer mindestens dreißig Grad anzeigte, fror er. Eiskalt waren seine Hände und Füße. In seinem Kopf überschlugen sich die Gedanken, aber er konnte keinen so richtig fassen und festhalten.

Wie oft hatte er selbst schon mit dem Gedanken gespielt? Oft – musste er sich eingestehen, aber er war jedes Mal zu feige gewesen. Die gesammelten Schlaftabletten hatte er irgendwann in den Müll geworfen, die Rasierklingen schließlich zum Rasieren benutzt und den Strick in seiner Nachttischschublade als Abschleppseil gebraucht.

Er wagte es nicht, die Blicke dorthin zu bewegen, wo sie lag. Statt dessen begann er mechanisch, die Stockwerke von oben nach unten zu zählen. Vierunddreißig – für so ein Vorhaben eine sichere Sache.

Hinter ihm und um ihn herum wurde die Menschentraube immer dichter. Er vernahm dunkel ein Stöhnen neben sich, hörte ein lautes Schluchzen hinter sich und aufgeregtes Flüstern um ihn herum. Alles drang wie Watte an sein Ohr. Er hörte rechts seinen alten Kumpel, zuverlässig, treu und klar, seinen chronischen Tinnitus.

Langsam zog es seine Augen wie magisch in die Richtung, in die alle blickten.

Ihre langen dunklen Locken lagen in einer Blutlache, die wie eine auslaufende Flasche immer größer wurde. Ihre blauen Augen blickten starr und weit aufgerissen in den wolkenlosen Himmel. Ihr Arme waren rechts und links vom Körper abgespreizt, der linke seltsam verdreht.

Ihre Beine hatten eine Haltung, als gehörten sie ihr nicht.

Warum hatte sie das getan? Sie war höchstens fünfzehn, ein junges Mädchen, das das Leben noch vor sich hatte, dem die Welt zu Füßen lag. Aus ihrem zarten, hübschen Gesicht war alle Farbe gewichen. Und diese Blässe hatte sich auf ihr farbenfrohes T-Shirt und ihre blaue Sommerhose übertragen. Die einst leuchtenden Farben waren schlagartig mit ihr verblasst.

Er hatte sie oft im Haus oder auf dem Hof gesehen, aber er kannte sie nicht persönlich.

Hatte der heutige Tag etwas mit ihrem Sprung zu tun? Er war sich sicher.

Im Geiste ließ er die letzten zwei Stunden Revue passieren. Alle hatten es mehr oder weniger geschafft. Er war sich sicher, dass aus seiner Truppe niemand auf solch einen Gedanken gekommen war. Als er sie vorhin verabschiedete, hatte er in überwiegend freudige Gesichter geblickt. Und die wenigen, die etwas betreten waren, hatten sich letztendlich von der Freude der anderen anstecken lassen.

Sie hatte es sicher nicht geschafft, war nicht von Freude beseelt. Aber deshalb das Leben einfach wegzuschmeißen?

Von Ferne hatte er die durchdringenden Sirenen wahrgenommen. Sie kamen immer näher. Als mehrere energische Stimmen die Passanten aufforderten, den Platz zu räumen, wandte er sich schnell ab. Niemand sollte seine Tränen sehen.

Der letzte Schultag war vorbei, die Versetzungszeugnisse ausgeteilt, die großen Ferien fingen an. Morgen würde es groß in der Zeitung stehen: „Gymnasiastin wählte den Freitod. Sie hatte die Versetzung nicht geschafft."

Und die Diskussionen über den Sinn oder Unsinn von Noten, die Vor- und Nachteile des deutschen Schulsystems und PISA gaben wieder ausreichenden Gesprächsstoff, das kommende Sommerloch in den Medien zu füllen.

Wie Pech und Schwefel

Wir haben schon zusammen im Sandkasten gespielt. Die Schulzeit haben wir gemeinsam erlebt. Wen wundert es also, dass wir auch ein Paar geworden und bis heute geblieben sind?

Wir kennen uns in- und auswendig. Jeden deiner Gedanken kann ich erraten, je nachdem, wie sich dein Gesichtsausdruck verändert. Deine Gesten sind mir vertraut, als wären sie meine eigenen. Umgekehrt ist es genauso. Wie oft haben wir beide plötzlich denselben Gedanken ausgesprochen? Und dieselbe Idee gehabt?

Selbst, als meine Stimmbänder entzündet waren und ich zum Schweigen verurteilt war und du dich weigertest, dein Hörgerät einzusetzen, hatten wir keine Verständigungsprobleme.

Wir haben gegenseitig gut aufeinander aufgepasst, sind geistig und körperlich recht fit und genießen jeden Tag ganz bewusst. Es könnte der letzte sein.

Du bist derselbe zärtliche Liebhaber geblieben wie in jungen Jahren und noch heute bist du manchmal unersättlich. Manch junger Mann könnte bei dir noch etwas lernen. Selbst, wenn unsere Augen mal in die eine oder andere Richtung gegangen sind, haben wir stets nach dem Leitspruch ,Appetit kann man sich woanders holen, gegessen wird zu Hause' gelebt.

Unser Leben hatte Hochs und Tiefs, wir haben jede Phase zusammen gemeistert.

Schon jetzt fange ich an, insgeheim deinen achtzigsten Geburtstag vorzubereiten. Aber so wie ich dich kenne, ahnst du das bereits. Es wird ein rauschendes Fest. Und im Jahr darauf feiere ich meinen achtzigsten. Den wirst du leise und unauffällig vorbereiten. Das weiß ich.

Und wenn der Tag irgendwann da ist, dass einer von uns gehen muss, wird der andere sicher bald folgen. Ohne den anderen ist das Leben undenkbar geworden.

Wie im Märchen ...

Bevor er mit der Lesung seines neuen Kriminalromanes begann, schweifte sein Blick durch den Saal. Zufrieden registrierte er, dass alle Plätze belegt waren. Er konnte beginnen. Mit ein paar einleitenden Worten begrüßte er die Zuhörer, bedankte sich für ihr Kommen und versprach ihnen eine halbe Stunde Unterhaltung mit Gänsehautgarantie.

So kannte man ihn, Simon P., den erfolgreichen Autor spannender Kriminalromane, dessen Bücher die Bestsellerlisten beherrschten. Gerade fünfzig geworden, gutaussehend, schlank und durchtrainiert war er auf dem Höhepunkt seiner Karriere angekommen.

Während der nächsten dreißig Minuten war der Saal erfüllt von seiner angenehmen tiefen Stimme mit dem österreichischen Akzent. Auch dieses Buch würde ein Erfolg werden, das zeigte ihm der nicht endende Applaus, nachdem er seine Lesung beendet hatte. Zufrieden lächelnd schweifte sein Blick durch den Saal.

Wie ein Blitz durchzuckte es ihn, als seine Augen sich mit ihren trafen. Braune sanfte Augen in einem makellos schönen Gesicht, umrahmt von schwarzen langen Haaren, versanken in seinen Augen. Nur schwer konnte er sich von ihrem Anblick lösen. Während er seine Bücher signierte, schaute er immer wieder suchend durch den Raum.

„Für Julia, bitte". Er spürte, dass sie es war, die ihn um diese Widmung bat, und sah sie lächelnd an.

„Gerne."

Die Schlange hinter Julia schien endlos und ohne weiter darüber nachzudenken, setzte er seine Handynummer unter seinen Namen.

„Danke", flüsterte sie, nahm das Buch aus seiner Hand und verabschiedete sich mit einem langen innigen Blick von ihm.

Drei endlos scheinende Tage spannte sie ihn auf die Folter, bis sie ihn anrief.

Sein Leben begann sich zu verselbständigen, er hatte keine Kontrolle mehr über sich.

Er belog und betrog seine Frau, um jede freie Minute mit Julia zu verbringen.

Sein vielversprechender neuer Kriminalroman blieb in den Anfängen stecken. Zum ersten Mal in seiner schriftstellerischen Laufbahn hatte er eine Schreibblockade.

Julia hatte Gefühle in ihm geweckt, die er noch nie verspürt hatte. Sie stellte sein bisheriges Leben komplett auf den Kopf. Nach vier Wochen eröffnete er seiner Frau, dass er ausziehen werde. Sie machte ihm keine Szene, wie er erwartet hatte. Sie bewahrte die Fassung, bis er mit seinem Koffer, zwei Reisetaschen und seinem Laptop die Villa verlassen hatte. Dann brach sie weinend zusammen und reichte am nächsten Tag die Scheidung ein. Das war für sie die letzte Eskapade, die sie ertragen konnte.

Er zog in ein Hotel.

Julia war Krankenschwester in einer Herzklinik. Wenn sie Dienst hatte, nutzte er die Zeit für einen neuen Roman, seinen ersten Liebesroman, die Geschichte von Julia und ihm. „Wie im Märchen", sollte der Titel lauten.

Und genau das war es für ihn, ein Märchen. Julia hatte ihn verzaubert, seinem Leben einen völlig neuen Sinn gegeben. Er machte sich keine Gedanken darüber, dass er fast zwanzig Jahre älter war und ihr Vater sein konnte. Auch darüber, dass der Traum von heute auf morgen enden könnte, wenn Julia einen anderen kennenlernen würde. Er genoss den Augenblick und lebte dafür.

Beflügelt von einer fast fühlbaren Erotik füllte er Seite um Seite. Jede zärtliche Geste, jeden Kuss, jede Intimität durchlebte er noch einmal und mit Julias makellosem, nacktem Körper vor seinem inneren Auge erlebte seine Fantasie einen wahren Höhenflug der Sinne.

Trotz klirrender Kälte trat er hinaus auf den Balkon seines Hotelzimmers. Es hatte geschneit und die Stadt zeigte sich in winterlicher Pracht. Der Geruch von Glühwein lag in der Luft.

Julia hatte Dienst und war anschließend mit Kolleginnen zu einer kleinen Weihnachtsfeier verabredet.

„Es wird heute spät. Ich fahre heute Abend in meine Wohnung", sagte sie morgens zum Abschied, schmiegte ihren warmen nackten Körper an seinen und küsste ihn leidenschaftlich, bevor sie unter der Dusche verschwand.

Er konnte dem Glühweinduft nicht länger widerstehen. Glühwein, eine Rostbratwurst und eine Runde über den Weihnachtsmarkt ganz in der Nähe des Hotels zu schlendern, wäre eine willkommene kreative Denkpause.

Gerade als er den Heimweg antreten wollte – angesichts der vielen Pärchen fühlte er sich alleine etwas deplatziert -

sah er sie. Er formte die Lippen und wollte gerade 'Julia' rufen, als er bemerkte, dass sie nicht alleine war.

An einem Stand mit Bratäpfeln, gebrannten Mandeln und kandierten Früchten hatte sie ein großes Lebkuchenherz erstanden, auf dem in hellen Zuckerguss-Buchstaben 'Ich liebe Dich' stand. Lächelnd hängte sie ihrer Begleitung das Herz um den Hals. Julias Augen strahlten so voller Wärme und Zärtlichkeit, dass es ihm die Kehle zuschnürte.

Sie zog ihre Begleitung ins Halbdunkel des Standes. Beide fielen sich in die Arme und küssten sich voller Leidenschaft und Hingabe. Er musste sich geirrt haben.

Plötzlich erschien das Foto auf Julias Nachttisch, das neben seinem Bild stand, vor seinem inneren Auge. Er hatte dem bisher keine weitere Bedeutung beigemessen – Julias beste Freundin. Jede Frau hatte eine beste Freundin. Schlagartig wurde ihm klar, weshalb Julia sie bisher nicht miteinander bekanntgemacht hatte.

Der Boden unter ihm schien zu schwanken. Tränen liefen ihm über sein Gesicht. Er drehte sich um, zog sich die schwarze Pudelmütze noch tiefer in die Stirn und lief zum Hotel zurück.

Er starrte auf seinen Laptop und las in seinem Liebesroman. Bisher hatte er keine Zweifel an einem Happy End gehabt.

Und nun?

Traumpaar

Der Chauffeur öffnet die Tür der schwarzen Limousine. Mit ihren langen blonden Haaren, perfekt, aber dezent geschminkt, steigt sie aus. Lächelnd betritt sie, die erfolgreiche Schriftstellerin, mit ihrem Mann, ein angesehener Richter, den Saal. Das Traumpaar, in jeder Gesellschaft gern gesehen, erfolgreich, finanziell unabhängig, mit einer Villa in der besten Wohngegend der Stadt. Zwei bildhübsche Kinder, die in London und Paris ihr Studium absolvieren. Das Glück scheint ihnen hold zu sein. Neidische Blicke folgen ihnen. Die Männer hängen förmlich an ihren Lippen, die schmachtenden Augenpaare vieler Frauen folgen ihm auf Schritt und Tritt. Der Abend vergeht wie im Fluge, anregende Gespräche, gutes Essen und hin und wieder ein flottes Tänzchen auf dem Parkett.

Die schwarze Limousine hält vor der Villa. Wortlos steigen sie aus, wünschen sich kurz und knapp eine gute Nacht. Auf dem oberen Flur trennen sich ihre Wege. Er geht in sein, sie in ihr Schlafzimmer.

Die Maske fällt. Gierig schüttet er sich ein paar Whiskys nacheinander ein und kippt sie hinunter. Ohne starke Psychopharmaka kann sie nicht zur Ruhe kommen. Es ist mal wieder gut gegangen, niemand scheint etwas bemerkt zu haben. The show must go on ...

Misstöne

„Willst du heute Abend schon wieder weg?"

„Ich habe dir doch gesagt, dass ich mit Ulla fürs Kino verabredet bin."

„Ich finde, du könntest mal wieder einen Abend zu Hause bleiben."

„Wenn du unternehmungslustiger wärst, könnten wir abends öfter gemeinsam weggehen."

„Ich bin gerne zu Hause. Und vergiss nicht, dass ich zehn Stunden am Tag arbeite."

„Oh neee, als wenn ich nicht arbeiten würde! Und der Haushalt macht sich auch nicht von alleine. Nebenher kaufe ich noch ein, koche, wasche die Wäsche, bügele deine Hemden ...."

„So meinte ich das auch nicht. Was schaut ihr euch denn an?"

„Einen Frauenfilm."

„Da wäre ich sowieso fehl am Platz."

„Was machst du heute Abend?"

„Ich werde die Zeitung lesen, das meiste habe ich nur überflogen. Im Fernsehen kommt eine interessante Wirtschaftsreportage, die will ich mir ansehen."

„Dann ist es doch egal, ob ich zu Hause bleibe oder ins Kino gehe. Ach übrigens, vergiss nicht, dass morgen der Elternabend ist. Du wolltest hingehen."

„Morgen??? Ausgeschlossen. Ich habe um siebzehn Uhr

eine Arbeitsbesprechung und ich weiß nicht, wie lange sie dauert."

„Wir hatten das aber abgesprochen."

„Kannst du nicht hingehen?"

„Schon wieder? Ich war beim letzten Mal da und beim vorletzten Mal. Du hast Tobias' Lehrerin noch nicht kennengelernt. Außerdem habe ich morgen keine Zeit."

„Wieso? Was hast du morgen denn schon wieder vor?"

„Morgen ist Mittwoch und Mittwochabend gehe ich zum Sport. Und das schon regelmäßig seit drei Monaten. Vielleicht mache ich danach noch ein oder zwei Saunagänge. Das würde dir übrigens auch gut tun."

„Sport ist Mord! Ist das eigentlich eine gemischte Sauna?"

„Wenn die Sportkurse gemischt sind, ist auch die Sauna gemischt. Was für eine blöde Frage! Hast du ein Problem damit?"

„Und wenn ich eines damit hätte, würdest du doch trotzdem hingehen, oder?"

„Ja, denn ich gehe dahin, weil ich mich entspannen will und weil es mir gut tut."

„Was machen wir denn nun mit dem Elternabend?"

„Ich habe dir den Termin in deinen Kalender eingetragen, nachdem du gesagt hast, dass du hingehst. In einen Terminkalender sollte man auch gelegentlich schauen."

„Hast du heute eine miese Laune!"

„Ich habe keine miese Laune. Ich bin verabredet und muss gleich los."

„Dann musst du gehen, wenn dir andere wichtiger sind als ich! Ich kann morgen definitiv nicht!"

„Ich auch nicht! Tobias ist auch dein Sohn!"

„Das hoffe ich doch!"

„Nun mach mal halblang, ja?"

„Ich rufe die Lehrerin an und frage sie, ob sie mit mir das Wichtigste am Telefon besprechen kann. Was sollen wir machen, wenn wir beide nicht können?"

„Du denkst auch, ein Lehrer hat einen Vierundzwanzig-Stunden-Job?? Kommt gar nicht in Frage!"

Missmutig schaute er ihr nach, als sie mit einem kurzen ‚Bis später' lautstark die Tür hinter sich zu knallte.

Altersunterschied

Du warst Anfang zwanzig, er sechzig, als ihr euch verlobt habt. Als Kind habe ich mir keine weiteren Gedanken darüber gemacht, wozu auch? Ich musste es so hinnehmen. Noch heute kann ich mich gut an deine Eltern und Geschwister erinnern, denn an Feiertagen und an euren Geburtstagen trafen wir uns immer bei euch.

Erst viel später, als ich älter war, habe ich mich oft gefragt, was eine junge Frau an einen Mann bindet, der allemal ihr Vater sein könnte.

Dein Vater ist sehr alt geworden und ich erinnere mich, dass du ein gutes Verhältnis zu ihm hattest. Einen Vaterersatz konntest du nicht gesucht haben.

Reichtümer hatte er nicht, das wusstest du von Anfang an, als du deine Stelle als Sekretärin bei ihm angetreten hast.

Ein umwerfend schöner Mann war er auch nicht. Das Alter hatte angefangen, deutliche Spuren bei ihm zu hinterlassen.

Ihr habt kein Leben geführt, das eine junge Frau vielleicht erwartet hat. Keine Weltreisen, keine High Society, keine aufregenden Partys. Kinder hattet ihr auch keine, nur einen schwarzen Pudel.

Was hat dich zu ihm hingezogen und dich bei ihm verweilen lassen? Ich habe es nie verstanden.

Als ich erwachsen war, habe ich Vieles erfahren, was mich dazu brachte, den Kontakt zu euch abzubrechen. Ich wollte von ihm nichts mehr wissen. Es gab Dinge, die ich ihm nie verziehen habe.

Von seinem achtzigsten Geburtstag, zu dem ich ihm eine Glückwunschkarte schickte, hast du mir ein Foto zukommen lassen. Sein Haartoupet und seine gefärbten Augenbrauen haben über sein wahres Alter kaum hinweg täuschen können.

Kurz danach starb er. Ich habe ihn mir noch einmal angesehen, als er im Sarg lag, ohne Toupet, ohne Gebiss, ein hässlicher alter Mann, dessen mieser Charakter deutlich in seinen Gesichtszügen abzulesen war. Ich musste mich abwenden, mir wurde übel.

Wenige Wochen nach seiner Beisetzung wurdest du gesehen. Du warst Anfang vierzig, eine Frau in den besten Jahren, an deiner Seite dein neuer Partner, der gut und gerne dein Vater hätte sein können.

Fröhliche Weihnachten

Er saß, wie jeden Tag um diese Zeit, auf seiner zerschlissenen Wolldecke vor dem großen Kaufhaus und kraulte den Rücken von Terry, seinem Schäferhund. Es begann bereits zu dämmern, die Straßenlaternen gingen an und die Einkaufspassage zeigte sich in vorweihnachtlichem Lichterglanz. Hektisch strömten die Menschen um ihn herum in die Geschäfte, um die letzten Weihnachtsgeschenke zu kaufen. Nur wenige bemerkten den Mann mit dem verfilzten grauen Bart, dessen dünnes, strähniges Haar unter einer schwarzen Pudelmütze versteckt war.

Hin und wieder fielen ein paar Münzen in den ausgebeulten Hut, der vor ihm lag und ein verhaltenes „Frohes Fest" kam über einige Lippen. Diese Worte verhallten so schnell im Wind oder gingen im allgemeinen Geräuschpegel unter, wie sie gesprochen waren.

Er zog sich den Kragen seines abgetragenen Mantels enger um den Hals. Es schien nun doch Winter zu werden, so kurz vor dem Fest. Weihnachtslieder erklangen um ihn herum, doch er hörte sie nicht.

Heute war sein fünfzigster Geburtstag. Wie so oft in der letzten Zeit, wenn es ihm nicht gut ging und die Schmerzen im ganzen Körper ihn fast bewegungsunfähig machten, wanderten seine Gedanken in die Vergangenheit. Fast zwanzig Jahre lebte er nun schon auf der Straße.

Vor seinem inneren Auge tauchten Bilder aus vergangenen, glücklichen Tagen auf. Ein kaum merkliches Lächeln huschte über sein Gesicht, als er an seine damals fünfjährige Tochter dachte, wie sie mit ihren langen blonden Haaren fröhlich im Garten schaukelte. Dann wurde sein Gesichtsausdruck schmerzlich und düster. Sie war gerade in der ersten Klasse, als dieser schreckliche Unfall geschah und sie brutal aus einem Leben gerissen wurde, das gerade erst angefangen hatte. Lange Jahre hatte er seinen Schmerz im Alkohol ertränkt, ohne zu begreifen, dass er auch nach und nach alles andere verlor. Als er das begriff, war es zu spät. Familie, Haus, Arbeit – davon blieb nur noch eine vage Erinnerung. Nach etlichen Anläufen hatte er es geschafft, trocken zu werden. Die Rückkehr in ein bürgerliches Leben schaffte er jedoch nicht mehr.

So zog er durch die Straßen der Stadt, erbettelte sich zu dem, was er als Minimum vom Sozialamt bekam, ein bisschen Geld und half einigen, denen es noch schlechter ging als ihm, über die Runden.

Nun wurde es Winter und er musste sich eine geschütztere Übernachtungsmöglichkeit suchen. Wegen seines Hundes konnte er nicht ins Obdachlosenasyl. Terry war der einzige Gefährte, der ihn auch ohne große Worte verstand, treu und anhänglich immer an seiner Seite war.

Mühsam erhob er sich, packte mit klammen Fingern seine Decke zusammen und nahm die Münzen aus dem Hut. So kurz vor den Festtagen waren die Menschen immer sehr großzügig mit ihren Spenden. Aber er kannte auch Kommentare wie „… arbeitsscheues Pack…", „…eine Schande für das Straßenbild…, „…geh arbeiten, du Penner…".

Er hatte viel in seinem Leben gearbeitet. Sein Jurastudium hatte er mit kleinen Jobs nebenbei selbst finanziert. Das Haus, bezahlt vom Erbe seiner verstorbenen Eltern, hatte er mit seiner Hände Arbeit umgebaut und modernisiert. Als er seine erste kleine Anwaltskanzlei hatte, dauerte sein Arbeitstag nicht selten zehn bis zwölf Stunden.

Gegen Bemerkungen dieser Art war er inzwischen immun geworden. Seine Lebensplanung hatte an einem bestimmten Punkt eine tragische Wende genommen und alle seine Vorhaben zerstört. Er lebte nun auf der Straße, hatte sich mit seinem Schicksal arrangiert und so würde er sein Leben weiterleben bis zum Tod.

Auf dem Weg zu seinem Schlafplatz musste er noch einige Besorgungen machen. Terry brauchte was zu fressen und sein Kumpel etwas Warmes. Seit Tagen machte ihm eine fiebrige Erkältung zu schaffen und sein Allgemeinbefinden wurde immer bedenklicher.

Gleich morgen früh wollte er beim Roten Kreuz um wärmere Kleidung für Kalle bitten.

In wenigen Tagen war Hl. Abend. Er hatte noch keine Weihnachtskerze für seine Tochter. Jedes Jahr am Hl. Abend besuchte er sie auf dem Friedhof und stelle eine rote Kerze auf ihr Grab. Für ihn war sie immer noch seine 6jährige Prinzessin, mit strahlend blauen Augen, einem verschmitzten Lächeln und einer langen blonden Mähne.

Seine Frau hatte Deutschland nach der Scheidung verlassen und niemand, außer ihm, hielt das Grab einigermaßen in Ordnung.

Mit müden, schweren Schritten ging er durch hell beleuchtete Straßen, entlang an weihnachtlich geschmückten Fenstern. Dieser ganze Rummel wurde ihm von Jahr zu Jahr mehr zuwider, Hektik und Eile schienen sich das Jahr über im Hintergrund zu halten, um dann in der Vorweihnachtszeit wie ein eitriger Pickel aufzuplatzen. Jeden Tag beobachtete er die Massen von Menschen, wie sie dick bepackt aus den Geschäften strömten, mit flackernden Augen schon den nächsten Laden in Augenschein nahmen, um eifrig zum nächsten Einkauf darin zu verschwinden.

„Na, du bist aber heute spät dran", empfing ihn die Kellnerin vom Wienerwald. Jeden Abend um die gleiche Zeit kam er hier vorbei und holte sich Essensreste für sich und seinen Hund ab. „Kalle ist krank. Ich habe ein bisschen Geld und würde ihm gern eine heiße Hühnersuppe mitbringen."

Terry konnte es kaum erwarten und tänzelte aufgeregt um die Plastiktüte mit den Essensresten herum. Er näherte sich dem stillgelegten Fabrikgebäude, in dem er seit einiger Zeit mit einigen anderen Obdachlosen wohnte. Die Stufen hinauf zur alten Halle knarrten ihrem Alter entsprechend. Als er die Halle betrat, kam ihm Anna aufgeregt entgegen gehumpelt. „Gut, dass du endlich da bist. Kalle hat hohes Fieber. Er muss in ein Krankenhaus, sonst stirbt er."

Kalle lag auf seinem Lager aus Pappkartons und Zeitungen, bis zum Kinn in seinen Mantel und eine alte Wolldecke gehüllt und blickte ihn mit fiebrig glänzenden Augen müde an. Er röchelte. Jeder Hustenanfall kostete ihn fast seine ganze Kraft.

Hilflos standen alle um ihn herum. „Geh und schau, ob der Pfarrer daheim ist. Wenn einer dafür sorgen kann, dass Kalle in ärztliche Behandlung kommt, dann er", flüsterte er Anna zu.

Er stützte Kalles Kopf und versuchte ihm die warme Suppe einzuflößen. Die anderen begaben sich zu ihren Schlafplätzen.

Was sollten sie auch tun? Sie waren eine Gruppe in dieser Gesellschaft, mit der niemand etwas zu tun haben wollte, um die sich niemand kümmerte, für die es keine Perspektive mehr gab. Für sie galt es, den nächsten Tag zu überleben, nicht zu verhungern und zu verdursten und einen Platz zum Schlafen zu haben.

Viele aus ihren Reihen waren bereits gegangen, andere sehnten das Ende herbei. Nur wenige hatten noch einen starken Lebenswillen, Humor und Optimismus.

Es dauerte eine Ewigkeit, bis Anna zurückkam. Sie hatte den Pfarrer der angrenzenden Gemeinde bei sich, ein Mann, der es nicht müde wurde, sich für Obdachlose einzusetzen.

Oft schon hatte er die Not dieser Menschen bei den Politikern kundgetan und war dabei meist auf taube Ohren gestoßen.

Immer, wenn einer von ihnen ging, setzte sich der Pfarrer dafür ein, dass der Verstorbene ein ordentliches Begräbnis bekam. Nun stand er wieder vor einem sterbenden Menschen, dessen Schicksal ihm nur zu gut bekannt war.

Kalle erhielt die Sterbesakramente. Ruhig lag er auf seinem Schlafplatz, öffnete die Augen und hob kaum merklich die Hand, als wolle er noch etwas sagen. Während er die Lippen öffnete, sackte sein Kopf zur Seite und er verließ diese Welt.

»Obdachloser an Lungenentzündung in Folge Unterkühlung gestorben«, stand am nächsten Tag als kleiner Beitrag in allen Tageszeitungen.

Wie gewohnt hasteten die Menschen auch wenige Tage vor

Heiligabend in die Geschäfte, kauften hektisch die letzten Geschenke und Lebensmittel ein und bereiteten sich auf das Fest der Liebe vor.

Jahresbilanz

Er war in den letzten Augusttagen im Sternzeichen der Jungfrau geboren und von Natur aus pingelig und überaus korrekt.

Jedes Jahr zwischen Weihnachten und Neujahr setzte er sich mit einer Kanne Tee mit Rum in sein Arbeitszimmer, spitzte einen roten Stift für seine berufliche Jahresbilanz und einen grünen für seine private Bilanz. Dann nahm er zwei Bögen kariertes Papier, schrieb BERUF auf das eine Blatt, unterstrich das Wort akribisch genau mit einem Lineal und machte dasselbe mit dem zweiten Blatt, nur dass er da PRIVAT eintrug.

Er hatte das Gefühl, dass er in diesem Jahr lange an seiner Bilanz sitzen würde, denn in diesem Jahr hatten tiefgreifende Änderungen sein Leben beeinflusst.

Als Versicherungsvertreter einer renommierten Versicherung hatte er seinem Konzern einen guten Dienst erwiesen. Er hatte sich die Füße wund gelaufen, sich Fransen an den Mund geredet und in der Tat unzählige Versicherungsverträge zum Abschluss gebracht. Die Menschen wollten in einer unsicheren Zeit gegen alles versichert sein. Und er hatte die rhetorische Gabe, jeden Zweifel auszuräumen, alle Bedenken zu zerstreuen und Fragen sicher zu beantworten. Und zum Abschluss eines zustande gekommenen Vertrages hatten sich seine Kunden immer herzlich bedankt, nachdem sie ihn während eines Beratungsgespräches fürstlich bewirtet hatten. Seine Firma hatte ihn mit einer großzügigen Prämie zum Jahresende bedacht.

Er war stolz auf sich. Der Papierbogen mit der beruflichen Bilanz verzeichnete am Ende ein dickes rotes Plus und er lehnte sich zufrieden zurück.

Sich seiner privaten Bilanz zu stellen, kostete ihn einige Überwindung. So sehr er auch seine Kunden überzeugen konnte, zu Hause war er eher der Schweigsame und Zugeknöpfte. Abends war er meist hundemüde, wenn er nach Hause kam. Er wusste, wie oft seine Familie vergebens mit dem Abendessen auf ihn gewartet hatte. Aber Kundengespräche ließen sich zeitlich nicht exakt terminieren. Er hatte zu wenig Zeit für seine Familie gehabt. Und so nahm er es hin, dass seine Frau mit den Kindern, die ihm immer mehr fremd wurden, auszog.

Um sich seiner Trauer nicht zu sehr stellen zu müssen, arbeitete er noch mehr. Die stillen Abende zu Hause konnte er nicht ertragen. Er gab sich die Schuld am Scheitern seiner Ehe und bezahlte einen großzügigen Unterhalt für seine Familie.

Anfangs kamen seine Kinder immer noch am Wochenende zu ihm, aber sie hatten keine Lust, ständig bei ihrem Vater zu sitzen. Sie wollten auch mit ihren Freunden zusammen sein und das ging oft nur am Wochenende. Es tat ihm weh, aber er verstand es.

Die gemeinsamen Freunde zogen sich nach und nach zurück. Er wusste, dass sie lieber mit seiner lebenslustigen und offenen Frau zusammen waren. Das nahm er hin. Schließlich wollte er auch nicht zwischen zwei Stühlen sitzen.

Nachdem er im Herbst nach einem Kreislaufkollaps ins Krankenhaus gekommen war, hatten die Ärzte nach eingehenden Untersuchungen ein Burn Out festgestellt und ihm eine Auszeit angeraten. Was sollte er alleine zu Hause? Er hatte sich zwei Wochen Urlaub gegönnt, hatte sich unter Palmen am Meer ausgeruht und war wieder arbeiten gegangen. Seine Blutfettwerte, der erhöhte Blutdruck und seine Fettleber hatten sich sicher im Urlaub auch erholt, glaubte er.

Heiligabend hatte er mit einem verwitweten Bekannten verbracht, der auch nichts mit sich anzufangen wusste und Silvester würde er sich mit einem guten Buch ins Bett legen.

Und dann kam das neue Jahr, mit neuen Herausforderungen und neuen Aufgaben.

Die Freude über seine positive berufliche Bilanz verblasste sehr schnell, als er vor dem Desaster seines Privatlebens stand. Er starrte auf das Blatt mit der grünen Schrift, bis die Tränen, die seine Wangen hinunterliefen, die Schrift verschleierten.

Er suchte die Nummer seines Hausarztes heraus und wollte gleich morgen früh telefonisch um einen Termin bitten. Er würde sich krankschreiben lassen, so lange bis er den Kampf um seine Ehe und Familie gewonnen hatte.

Das war sein einziger und felsenfester Vorsatz für das neue Jahr.